The Hippocratic Regret

中山七里

ヒポクラテスの悔恨

祥伝社

ヒポクラテスの悔恨

目次

装丁　高柳雅人
装画　遠藤拓人

一　老人の声

1

　浦和《うらわ》医大法医学教室の入口には真鍮《しんちゅう》製のプレートが掲《かか》げられている。栂野真琴《つがのまこと》はプレートを見上げて記された誓《ちか》いの言葉を目で追う。

『医神アポロン、アスクレピオス、ヒギエイア、パナケイアおよび全ての男神と女神に誓います、私の能力と判断に従ってこの誓いと約束を守ることを。この術を私に教えた人を我が親のごとく敬い、我が財を分かって、その必要がある時は助けます。その子孫を私自身の兄弟のごとくみて、彼らが学ぶことを欲すれば報酬《ほうしゅう》なしにこの術を教えます。そして書きものや講義その他あらゆる方法で私の持つ医術の知識を我が息子、我が師の息子、また医の規則に基づき、約束と誓いで結ばれている弟子たちに分かち与え、それ以外の誰にも与えません。

　養生治療を施《ほどこ》すにあたっては、能力と判断の及ぶ限り、患者の利益になることを考え、危害を加えたり、不正を行う目的で治療することはいたしません。

　頼まれても死に導くような薬を与えません。それを覚《さと》らせることもいたしません。同様に婦人を流産に導く道具を与えません。

純粋と神聖をもって我が生涯を貫《つらぬ》き、我が術を行います。

結石を切りだすことは神かけていたしません。それを業《なりわい》とするものに委《まか》せます。

また、どの家に入っていくにせよ、全ては患者の利益になることを考え、どんな意図的不正も害悪も加えません。女と男、自由人と奴隷の違いを考慮しません。

医に関すると否《いな》にかかわらず他人の生活について秘密を守ります。

そしてこの誓いを守り続ける限り、私は人生と医術の実施を享受できますが、万が一、この誓いを破る時、私はその反対の運命を賜《たまわ》るでしょう』

所謂《いわゆる》、〈ヒポクラテスの誓い〉と呼ばれる誓文《せいもん》で、医大ならどこかに一枚は掲げられている。現代の事情からはそぐわない箇所もあるが、誓文に貫かれた精神は今も医術に携わる者に連綿として受け継がれている。


浦和医大では、これが法医学教室の入口に掲げられていることが象徴的なのだと同僚のキャシーは言う。つまり医術を施す対象に男女の別や身分の相違はなく、生者と死者の違いもない。死者に対しても己《おのれ》の医術を可能な限り発揮することが誓文の精神なのだと教えられた。

初めの頃はこの誓文もただの美辞麗句《びじれいく》にしか思えなかった。死者に医術を施したところで喜ぶ者もいない。そんな暇《ひま》があれば生きている患者に手間と時間を費《つい》やした方が、ずっと有益ではないかと考えていたからだ。しかしこの法医学教室で学んで二年余り、法医学の知識が隠れた犯罪を白日《はくじつ》の下《もと》に晒《さら》すことを知った。死因を明確にすることが生者の救済になるのも知った。誓文の精神は法医学にも厳然と生きているのだ。

だからこそ今でもこのプレートを見上げる。この誓文に触れる度《たび》に決意を新たにできるような気がする。

そこにちょうど准《じゅん》教授のキャシー・ペンドルトンが通りかかった。

「Ｏｈ！　真琴。いつも熱心に読んでいますね」

「いつもって……毎日眺めている訳《わけ》じゃないですよ」

「それでもワタシに目撃されたのは一度や二度ではありません。偶然も重なれば必然です」

否定すると論争になりそうなので聞き流すことにした。頭のてっぺんからつま先まで論理的にできているようなキャシーを相手に勝てる訳がない。

「でも、読む度に清新な気持ちになるのは確かです。つくづくヒポクラテスという人は偉人だったんだと思います。紀元前に生きていながら、その精神が今日まで脈々と受け継がれているんだから」

するとキャシーはわずかに顔を曇《くも》らせた。

「確かにヒポクラテスは医学の父と言っても過言ではないでしょう。それまで原始的な迷信や呪術の集積でしかなかった治療行為に臨床と観察を導入して、科学の一つに昇華《しょうか》させたことは最大の業績と言えます。ただ、最初から彼が偉人であったかとなると、ワタシは少し違うと考えます」

「どうしてですか」

「生まれながらの偉人では聖書の登場人物になってしまいます。経験科学のパイオニアとして称賛するのであれば、やはりヒポクラテスも試行錯誤の人であったと解釈するべきでしょうね」

この理屈は真琴にも理解できる。迷信と呪術が幅《はば》を利かせていた時代に科学的な治療を試みようとすれば、当然診察ミスや医療過誤に類する事故があったであろうと推察される。何しろ医学書も人体模型もない時代なのだ。

「〈ヒポクラテスの誓い〉は誓いの言葉であるとともに禁則事項の一覧でもあります。言い換えればマニュアルです。そして大抵《たいてい》のマニュアルというのは、アクシデントやクレームが発生した後に作成されるものです」

「じゃあ、この誓いの数々もヒポクラテスが経験したアクシデントやクレームの産物だというんですか」

「ヒポクラテスを神ではなく一人の医師として捉《とら》えれば、それが理に適《かな》った推論です。彼も最初は失敗し、罵《ののし》られ、絶望し、そして立ち上がったのです」

キャシーに指摘されると、もっともらしく聞こえるのが不思議だった。

神様ではなく一人の医師。そう思うと、急にヒポクラテスが身近な存在に思えてくるのだから、我ながら現金なものだと思う。

不意に光崎《みつざき》の顔が頭を過《よぎ》った。

浦和医大教授にして法医学教室の主である光崎藤次郎《とうじろう》。真琴が知る限り、〈ヒポクラテスの誓い〉を最も遵守《じゅんしゅ》している医師の一人だった。

光崎の法医学に関する知見と実績は海外でも高い評価を受けており、師事したいと熱望する者も多いと聞く。キャシーもその一人で、光崎の著《あらわ》した文献と術式のビデオを見ただけではるばるアメリカから日本くんだりまで押し掛けてきたくらいだ。

しかしキャシーの言葉を借りるのなら、光崎もまた神ではなく一人の医師に過ぎない。では光崎にも苦渋に満ちた日々があったというのだろうか。

「キャシー先生。光崎教授にもそういう時期があったんでしょうか」

「ボスに」

キャシーは不意を突かれたように言葉を途切れさせた。次いで考え込むように首を傾《かし》げる。

「……真琴の言わんとすることは理解できます。ヒポクラテスが試行錯誤したように、ボスにもトレーニング・デイがあったのではという疑問ですね」

「トレーニング・デイというからには光崎教授を教えた人がいる訳ですものね」

「真琴の疑問はとても当然だと思いますが……ソーリー。ワタシにはボスが誰かの指示に従ったり、失意に項垂《うなだ》れたりしている姿がイメージできないのです。ただのワンシーンもです」

珍しくキャシーは困惑顔をしていた。

「きっとワタシがボスをあまりにも崇拝《すうはい》し過ぎているせいだと思います。現在の完成された姿がイメージとして固定されているのです」

「完成されたって……あの気難しいところや、人を人とも思わないような唯我独尊《ゆいがどくそん》ぶりも完成のうちに入っているんですか」

「術式において、ボスがミスをしたことはありません。法医学の知識は誰よりも豊富で何よりも正確です。ワタシの母校コロンビア医大では既《すで》に生きるレジェンドでした。そんなレジェンドが凡庸《ぼんよう》以下の人間に敬意を払えないのは仕方のないことです」

あばたもえくぼという諺《ことわざ》を教えてやろうかと思ったが、故事成語や四字熟語では下手《へた》をしたらキャシーの方が詳《くわ》しいくらいなので思い留《とど》まる。

「キャシー先生、本当に光崎教授が大好きですよね」

「好きとか嫌いとかの問題ではありません。ボスはワタシにとっての灯台なのです。迷った時の道標、指針。そうしたものに好き嫌いは関係ありません」

そう言えば、今日はまだ光崎を見ていない。教室と解剖室以外に居場所のなさそうな光崎だ。講義の時間が終わった今、この場にいないことが急に気になった。

「ボスなら外出しています」

特別なスケジュールなど聞いていなかったので意外だった。

「特に用事がある訳ではありません。言うなれば避難行動ですね」

「何から避難しているんですか」

「モニターの存在する場所からは全て。この後、テレビで放送がありますから、居たたまれないのでしょう」

「テレビ放送。何ですか、それ。わたし初耳なんですけど」

「ボスはこういうことを、いちいちアナウンスしませんから。帝都《ていと》テレビ火曜日十一時〈医学の窓〉ですよ」

その番組なら小耳に挟《はさ》んだことがある。全国医師連盟がスポンサーを務めており、折々の医学トピックスを丁寧《ていねい》に特集する三十分番組だった。真琴自身は視聴したことがないものの、キャシーは毎週録画までしているという。

「どうして光崎教授がその番組に出演しているんですか」

「今週のテーマが司法解剖だからですよ。日本で司法解剖のオーソリティーと言えば、やはりボスですからスタジオに呼ばれるのは当然でしょう」

キャシーは我がことのように誇《ほこ》らしげだった。

「オーソリティーとして出演するのに、どうしてわたしには何も教えてくれなかったんですか」

「ワタシも番組の内容を知ったのは昨夜でした。テレビ局の公式ホームページを眺めていたら、そこにボスの名前があったので驚きました。収録した時も放送する時も本人からはひと言の告知もありませんでしたから」

「キャシー先生にも教えなかったのは、つまり……」

「テレビに出るからといって、あの人が得意げにアナウンスするのを想像できますか」

頭に思い浮かべようとしたが無理だった。手柄を誇り、目立とうとする男ではない。スポットライトの当たる場所よりは薄暗い蛍光灯の下でメスを握っている方が数段さまになる男だ。何かを喋《しゃべ》るより、黙っている方が安全な男だ。

だから逆に心配になった。

「光崎教授みたいな人をテレビで喋らせていいんでしょうか」

多少浮かれ気分でいたであろうキャシーも、わずかに表情を硬くした。

「少なくともカメラの前で暴言を吐いたり、共演者の胸倉を摑《つか》んだりとかのアクションは起こさないと思います」

「ボクシングやプロレスの会見じゃないんですから」

自分で否定しながら真琴は不安を覚える。不安はキャシーにも伝染したらしい。二人は顔を見合わせて「大丈夫ですよね」「まさかね」「録画なら編集もできるし」と互いを安心させようとするが、その気遣いが更に不安を助長させる。

とにかく見るしかないという結論に落ち着いた。幸い法医学教室にもテレビの一台くらいは備えてある。十一時になってチャンネルを帝都テレビに合わせると、早速〈医学の窓〉というタイトルが現れた。

内容はキャシーの言う通り、日本における司法解剖の少なさにスポットが当てられていた。

『平成二十五年度に発生した異状死体、つまり警察が取り扱った死体は全国で十六万九千体でした。しかし、このうち司法解剖に回されたのはわずかに八千体余り。何と五パーセントにも満たない数字となっています。言い換えますと、九割以上もの死体が死因不明のまま葬《ほうむ》られていることになります。この場合、墓地に葬るとともに、真相が闇に葬られている可能性もあるということです』

冒頭、司会者が口にする現状は、真琴たち法医学者が向き合う現実そのままだったので特に驚きはない。逆に言えば、その事実を今更取り上げているという時代錯誤の方が驚きだった。

『先進国の多くは、こうした異状死体についてほぼ数十パーセントから百パーセント近くまでの解剖率を保っています。それは国および捜査関係機関からのサポート体制が万全であり、たとえばドイツでは司法解剖のみで死因を特定しています。またオーストラリアでは犯罪性の有無に拘《かか》わらず、コロナーと呼ばれる裁判官が死因を究明し、その情報を公開することによって犯罪防止のみならず、事故対策や流行病《はやりやまい》の予防に寄与している訳です。更にアメリカでは』

司会者は外国の実例を列挙して日本との違いを強調していく。数字は概《おおむ》ね正確であり、語られる諸外国の事情も真琴が聞き知るものと大差ない。従って司会者の説明を聞いて抵抗は感じないはずなのだが、次第に苛立《いらだ》たしさが募《つの》ってくる。我が国と諸外国との法医学の扱いが雲泥《うんでい》の差であることに改めて失望する。

無視されるのは寂しいが、知られたら知られたで惨《みじ》めになる。まるで恋バナを振られた三十女のようだと自虐《じぎゃく》的な気分になる。自虐しなければやりきれない現実がここに横たわっている。

『先進諸国では解剖に予算を惜《お》しんでいませんが、一方日本国内に目を転じますと平成二十五年度の司法解剖に充《あ》てた予算は約十五億六千万円。ところが日本病理学会が算出している一体当たりの解剖費用は約二十五万円です。つまりこの予算では、年間約六千二百体しか解剖できないという計算になります。二十五年度では実際に解剖されたのは約八千体で執行額は約二十一億九千万円でしたから、約六億三千万円の赤字を計上している訳です。警察庁刑事局ではこの赤字を解消するべく、諸謝金《しよしやきん》などに上限を設けたり検査料の予算単価について見直しを図るなど検討をしています』

諸謝金というのは解剖と鑑定書作成に対しての謝礼金を指すのだが、この見直しを検討するというのは到底いただけない話だ。今しがた司会者は司法解剖一体当たりの費用を二十五万円と説明したが、実際に警察が支払うのは解剖費用も謝金も含めて十六万円なのだ。既に一体で九万円のマイナスが出ており、これは執刀した法医学教室と大学側の経費で賄《まかな》われている。従って国と警察が謝金の上限を設けたり検査料の単価を見直したりすれば、更に法医学教室と大学側が不足分を負担しなければならないことになる。

「この場合は勘定科目の上限を設けるよりも予算を上げる方が正解なのですが、日本は世界でもGDP上位の裕福な国ではなかったのでしょうか」

キャシーは皮肉《ひにく》交じりに呟《つぶや》く。国にカネがあっても死者に使うつもりがないのは、法医学教室に一年もいれば誰でも身に沁《し》みて分かる。

『予算の問題もさることながら、深刻なのは人材不足です。全国で解剖を委託している医療機関は八十カ所、解剖医の数は百五十四人。ざっと割ると解剖医は医療機関一カ所につき二人もいません。四十七都道府県のうち解剖医が一人だけの県が半数近くも存在しているのです』

全国医師連盟がスポンサーをしているお堅い番組だからなのか、ワイドショーで常用されるような派手な効果音は一切流れない。却《かえ》って司会者の深刻な口調が強調されるので、真琴のような現場の人間には好感が持てる構成だった。

『予算も機関も人員も乏《とぼ》しい。言わばヒト・モノ・カネ全てが不足している訳ですが、こうした現状を現場で働く法医学者はどう捉え、またどんな対策を講じているのか。今日はスタジオに二人のゲストをお招きしております。まず千葉医大法医学教室の鬼頭兼生《きとうかねお》教授です』

『よろしくお願いします』

千葉医大の鬼頭教授なら、真琴も名前だけは知っている。法医学に関する本を何冊も著し、ワイドショーのコメンテーターとして顔もよく知られている人物だ。

『ゲストのもうおひとかたは浦和医大法医学教室の光崎藤次郎教授です』

いよいよ光崎の登場か——期待と好奇で見守っていた真琴だったが、カメラが光崎を捉えた瞬間、口を半開きにさせた。

いつもの仏頂面《ぶっちょうづら》だった。

平日の昼前、しかも医学番組だからさほどの視聴率ではないだろう。それでも数にすれば数千人数万人単位が見ているはずだ。斯界《しかい》を代表する者として出演しているのなら、相応に表情をこしらえるのが当然のマナーだ。

だが光崎に社交性や愛想を期待する方が間違いだと気づいた。生きた人間より多く死体と顔を突き合わせてきた男だから、社交性も愛想も必要ない。ただ知識と技術さえあれば君臨《くんりん》できる世界の君主だった。

返事もしようとしない光崎に困惑したのか、司会者が『よろしくお願いします』と投げ掛けても、光崎は頷《うなず》こうともしない。

『まず鬼頭教授にお伺いします。今のビデオとフリップで解説したように、日本の法医学事情には大変厳しいものがありますが、教授はどのようにお考えなのでしょうか』

『そうですね。ヒト・モノ・カネの話が出ましたが、このうちモノとカネについてはわたしたち現場の法医学者がどうのこうの言って解決する問題ではありません。今は少子化でどこの大学も台所事情がよろしくない。大学側の援助を当てにしていても仕方がない』

『なるほど』

『大学側からできることはヒトに関する提案です。現場は人員不足という話でしたが、これには切実な事情があります』

『どういう事情なんでしょうか』

『あからさまに言ってしまえば待遇です。たとえば法医学教室で准教授を一名雇うとすると、年間六百万円の給料を支払う訳ですが、これは同期の医師の半分以下なのです』

『確かに医療行為ではありませんから、利益が出るお仕事ではありませんものね』

『給料以外にも雇用期間の問題があります。法医学教室で働く医師のほとんどが単年契約の上、危険手当も退職金も支給されないという現実があります』

『危険手当というのは？』

『死体には様々な細菌が潜《ひそ》んでいます。病死の場合は二次感染の可能性もあります。既に動かなくなっているとはいえ、死体はそれ自体が危険物のようなものですから、当然危険手当は必要ですよ』

『やっぱり大変なお仕事ですよね』

『キツい・汚い・危険。３K仕事と言えば言い過ぎになるかもしれませんが、それ以外にも解剖は業績として認められないので、多忙な法医学教室に放り込まれるとじっくり論文を書いている暇もなくなり昇任もままなりません』

『研究者にとって損な話ばかりじゃありませんか』

『その通りです。学生や若い研究者の中には少なからず法医学に興味を持つ者もいますが、そういう背景があると、どうしても敬遠してしまいます。だから大学側ができることは、新たな制度設計の構築だと考えています。法医学を目指す者が正しく評価されるようでなければ、容易に人員不足は解消しません』

『というのが鬼頭教授のご意見ですが、光崎教授のご意見はどうでしょうか』

司会者が水を向けるが、光崎は相変わらずの仏頂面のまま唇《くちびる》を曲げる。

『制度設計の見直しだと。そんな小手先のことで状況が変わるくらいなら、とっととやっておる』

「キャシー先生。この番組ってどんな人たちが視聴しているんでしょうね」

「医療従事者。もしくは洗濯物を干し終えた主婦、でしょうか」

「あまり視聴率が高くないといいです」

「しかし真琴。この番組は関東ローカルではなく、全国放送ですよ。何万という人が見ていて、しかもそのうち何人かは、ボスの主張と態度に対してネットで攻撃を開始するでしょう」

ネット社会と叫ばれて久しいが、それでもまだまだテレビの影響力は大きい。有名人が何か口を滑《すべ》らせると、多数のネット民たちが脊髄《せきずい》反射で叩《たた》きにかかる。自分には何ら関係がないというのに何をそんなに過敏に反応するのか、真琴には不思議でならない。

『あの、それでは光崎教授は何が問題で、どんな解決策があると仰《おつしや》るんですか』

『死因不明の死体が多い理由は二つ。一つは死体の声を聞こうとしない警官や医者が多過ぎることだ。死体は話したくてうずうずしているのに、警察官や検視官が耳栓をしておる』

『耳栓、ですか』

『もう一つはカネだ。もう一つというより、これが最大の理由だろうな。カネさえあれば、全ての異状死体を解剖できる。優秀な解剖医も確保できる。才能はカネのあるところに集まる。今の極貧状態で法医学に才能を求めるのは、どだい無理だ』

さすがに隣に座っていた鬼頭教授が聞き咎《とが》めた。

『光崎先生。それは聞きようによってはカネが全てのように聞こえてしまう。中には手弁当で現場に赴《おもむ》く法医学者もいるのですから……』

『その手弁当という感覚が徹底的にくだらんというのだ。解剖など厚意やボランティアですべきものではない』

『しかし拝金主義ととられかねない』

『世の中の問題の九割はカネで解決できる』

光崎の扱いに司会者が困ったのか、それとも光崎が更に過激なことを口走ったのか、カメラが急に切り替わった。司法解剖を行ったお蔭《かげ》で隠れていた死因が発覚し、事件が解決した事例が紹介された。番組の流れとしては司法解剖の重要性と成果を訴えるものになっているが、それにつけても光崎の発言は浮いていた。鬼頭ではないが、光崎の人となりを知らない者が見たら拝金主義と受け取られても仕方のないやり取りだった。

「ボスが本当に主張したかったのは、おカネで解決できない残り一割についてなのだと思います」

真琴も同意見だった。あの皮肉屋の老教授のことだから青臭い言葉など死んでも口にしないだろうが、残りの一割が何であるか自分やキャシーには分かっている。

「そういうことをカメラに向かって話す人じゃないから」

「そうですね。ボスは法医学のオーソリティーではありますがスポークスマンではありません。この後、ボスに対してどんな立場の人がどんな非難をするのか、目に見えるようです」

「大学にも抗議電話が殺到するかもしれません」

「その類《たぐ》いの電話を法医学教室に回さないよう、総務に伝えておきましょう」

それから光崎の出番が復活しないまま番組は終了した。キャシーは無言でテレビを切り、早速内線で総務課を呼び出していた。

＊

『世の中の問題の九割はカネで解決できる』

モニターに見入っていた二つの目は、ゆっくりと昏《くら》い色を帯《お》び始めた。

カネか。

そうだね、光崎教授。あなたの言う通りだ。世の中の問題の九割はカネで解決する。

だから自分の時には解決できなかった。

カネがないばかりに泣いた者がいる。

カネがないばかりに隠された真実がある。

でも、あなたにだけは言われたくない。

死体の声を聞こうとしないだと。

警察官や検視官は耳栓をしているだと。

それでは、あなたはどうだというんだ。

あなたはいつも死体を見ているというのか。見ているのは上の方ではないのか。聞こえるのはじゃらじゃらとカネが奏《かな》でる音ではないのか。

では、ひとつ試させてもらおうじゃないか。

昏い目の持ち主は見ていたネットテレビを閉じると、やがて帝都テレビの公式ホームページを検索し始めた。

2

「ちわっス」

埼玉県警捜査一課の古手川和也《こてがわかずや》が法医学教室を訪ねてきたのは、件《くだん》の番組が放送された翌日のことだった。

「あれ。ひょっとして真琴先生一人？」

「キャシー先生は講義中。光崎教授は会議中です」

「会議中、ですか。すぐに終わりそうかな」

「予定では午後三時に終了します」

「あと二十分か。それならちょっと待たせてもらっていいかな」

「駄目《だめ》だと言っても、どうせ粘《ねば》る癖《くせ》に」

「分かってくれてるのなら話が早いな」

古手川はまるで勝手知ったる我が家のように、手近にあった椅子に腰を落ち着ける。

「それ、キャシー先生の椅子ですよ」

「大丈夫。本人が戻ったらすぐに退《ど》くから」

まるで遠慮というものがなく、真琴は聞こえよがしに溜息《ためいき》を吐《つ》く。古手川は司法解剖が必要な事件が起きると決まって法医学教室のドアを叩く。お蔭ですっかり馴染《なじ》んでしまったが、適度な距離感も必要なのではないかと真琴は思う。

「また検案要請ですか」

「ちょっと違う。要請というよりは警告」

「警告？　光崎教授にですか」

「〈医学の窓〉、見たよ。もっともネットテレビでライブじゃなかったけど。アレだな、いつも見ている人をテレビで見るってのは妙なものだな。何というかいつもは隔《へだ》たりがあった向こう側とこちら側が繋《つな》がったような感覚」

それは真琴も同様だったので、思わず頷いてしまった。

「しっかし光崎先生はやっぱり光崎先生だったなあ。司会者も番組の意図も視聴者もまるで眼中にない。いつもの唯我独尊じゃないか。あれに慣れた人間ならともかく、免疫のない連中には大した毒だぞ」

「毒であることは否定しません」

「てことは、毒に当てられた人間が早速いた訳だ」

これも否定できない事実だった。件の番組が終了した直後から、大学の代表番号に抗議の電話が相次《あいつ》いだのだ。総務課から聞いた話では午後からほぼひっきりなしに呼び出し音が鳴り続け、このままでは通常業務に支障が出るとの判断で、一時は受話器を上げっぱなしにしていたらしい。

拝金主義と罵られるのは覚悟していたが、抗議電話の内容は真琴の想像の斜め上を行った。

『手前の技術が拙《つたな》いのを費用のせいにするな』

『死因を究明したいから法医学者になったんでしょ。それなら費用が足りないとか人手不足とか我がままを言わないでください』

『学者ってのは学問に寄与してなんぼのものだろう。それを今更泣き言言うな』

『法医学者なんて、なりたくてなれる職業じゃないんだから、少しは我慢してください。あなたたちより搾取《さくしゅ》されている人は数えきれません』

『何、あの光崎って。死体解剖するのが、そんなに偉いのかよ。気分悪いわ』

『医は仁術《じんじゅつ》とか寝惚《ねぼ》けたこと言う前に、もっと人格を向上させなさいっ』

死因不明とは別のところから尖《とが》った矢が飛んできた。どれも的外《まとはず》れだが、仮に命中したとしても光崎の胸には刺《さ》さらないだろう。

「何で直接関係ない人に限って、こういうことに熱心なのかしら」

「気に食わないからだろ」

何やら古手川は悟ったように言う。

「直接関係ないから、気分が悪いってだけでディスるんだよ。自分と違う意見の番組流すなっていう馬鹿クレーマーと一緒さ。気に食わなきゃ、さっさとテレビのスイッチ切ればいいのに、世間の全てが自分の思い通りにならないと腹が立ってしょうがないみたいだな」

いつになく非難めいた口調が気になった。

「光崎先生は会議中と言ったけど、どうせこの件についてなんだろ」

「……量的な問題は、ある段階で質的な問題に変化する」

「何だよ、それ」

「どんなにくだらないクレームでも、総務課の日常業務を圧迫するようなレベルになると、教授会も取り上げざるを得ないという意味です」

「ああ、なるほどね」

古手川は合点《がてん》したように頷いてみせる。今、行われている教授会は今朝になって急遽《きゅうきょ》開かれることが決まったものだ。会議の内容は参加せずともおおよその見当がつく。テレビ出演時の光崎の言動を巡って、どうせああでもないこうでもないと愚にもつかない言葉の応酬《おうしゅう》がされているに違いない。

「光崎先生だったら、学内に味方ばっかりじゃないんだろ」

「どちらかと言うと、味方を数えた方が早いくらい」

「そんな連中の集まる会議に出席させて大丈夫なのか」

「大丈夫だと思います」

真琴はキャシーが口にしていたことを諳《そら》んじるように言う。

「今までだって散々似たケースで教授は矢面《やおもて》に立たされてきました。遺族の許可を得られないままの司法解剖、教授会の頭を飛び越えた学外との協力。それに比べたら、今回のテレビ出演なんて可愛いものです」

「可愛いねえ……あの、ほとんど暴言に近いのが可愛いっていうのは、かなり世間と物差しがズレているような気がするぞ」

「古手川さん、それをわざわざ忠告しに来てくれたんですか」

「俺じゃなくて、班長の差し金だよ」

古手川が班長と呼ぶのは一人しかいない。捜査一課の渡瀬《わたせ》という男で、これまた光崎に勝《まさ》るとも劣らないはみ出し者らしい。組織に馴染まない唯我独尊ながら、検挙率では県警でも群を抜いているため誰も口出しできない。有能さと偏屈さが共通しているためか何故《なぜ》か光崎とウマが合うようで、古手川などは〈埼玉の赤鬼と青鬼〉などと憎まれ口を叩いている。

「今朝、帝都テレビの公式ホームページに妙な書き込みがあった」

「どうせ碌《ろく》でもない中傷か脅しなんでしょう」

「脅しというよりは犯行予告だよ。内容が内容なだけに、番組のプロデューサーが県警に届け出た」

古手川の口調から内容が軽視できない雰囲気が漂《ただよ》う。

「問題の書き込みは即刻削除されたけど、記録は取ってある。これだ」

差し出した紙片はスクリーン・ショットを拡大コピーしたものだった。

『親愛なる光崎教授殿。インタビューではずいぶん尊大なことを言っておられたが、ではあなたの死体の声を聞く耳とやらを試させてもらおう。これからわたしは一人だけ人を殺す。絶対に自然死にしか見えないかたちで。だが死体は殺されたと訴えるだろう。その声を聞けるものなら聞いてみるがいい』

一読して書き手の異様さが伝わる。揶揄《やゆ》でもなければ抗議でもない。司法関係者でなくても明確に犯行予告と読み取れる。こんな文章をテレビ局の公式ホームページに書き込むのはよほどのお調子者か、さもなければ本物だろう。

「でも、どうして帝都テレビなんでしょうか。こういう犯行予告って、普通は警察かウチに向けると思いますけど」

「浦和医大にも公式ホームページがあるからね。ただ浦和医大に通告しても破壊力は少ない。県警のホームページに書き込めば、すぐ自分の素性《すじょう》を探られるかもしれない。テレビ局宛てなら拡散されやすいし、警察ほどセキュリティは厳しくない」

そっと古手川の顔色を窺《うかが》う。口調と同様に表情も険《けわ》しくなっている。

「渡瀬さんの差し金ということは、捜査一課は本気なんですか」

「班長はババ抜きだと言っていた」

「ババ抜き。どういう意味ですか」

「裏を向けられた何枚かのカード。引いてみなきゃ絵柄は分からない。ジョーカーを引き当てるまで、何枚も何枚もカードを引き続けなきゃいけない。ところがカードを一枚引く度に二十五万円を支払わされる。そのカネ、いったい誰が払う？」

忌々《いまいま》しい既視感を覚える。全ての異状死体を司法解剖に回せるような予算は県警にも大学にもない。

「悩ましいのは、書き込みの主が一人だけ殺すと断言していることだ。宣言通り一人だけだというのなら分母が大きい分だけ特定が難しくなる。逆に一人だけというのが引っ掛けだったとしたら、犯人に掻《か》き回される羽目《はめ》になりかねない」

「……つまり光崎教授の発言を利用する可能性があるというんですね」

「穿《うが》った見方かもしれないけど、悪賢《わるがしこ》いヤツなら当然思いつくアイデアなんだと。そういう二段構えの可能性をちらつかせるというのは、単なる愉快犯や悪ふざけの範囲を超えている。班長が俺をここに寄越したのはそういう事情だよ」

異状死体をカードに擬《なぞら》えたゲーム。悪趣味極まりないが、しかし渡瀬の比喩《ひゆ》は的を射ている。何者かを殺害すべく計画しているのなら、これ以上警察側を攪乱《かくらん》できる妙手はなかなか思いつかない。

「一番悩ましいのは、光崎先生がテレビで喋ったことに返ってくるんだよな」

「おカネの問題、ですね」

「うん。実際にどう動くかは未定だけど、今日以降異状死体が一体発生する毎に警察は右往左往させられる。今だって人手不足にも拘わらずにだ。まあ人員不足は隣接する県警や警視庁の協力を仰《あお》ぐにしても、カネの問題だけはどうしようもない。無い袖は振れないってヤツさ。真琴先生も〈コレクター〉の事件は身に沁みているだろ」

〈コレクター〉の事件とは、埼玉県警のホームページの掲示板に書き込まれたメッセージから、県下で発生する自然死・事故死全件に司法解剖をしなければならない羽目に陥《おちい》った顚末《てんまつ》だ。無論、全ての異状死体が解剖されるのが本来の姿なのだが、実際にやってみると期中の段階で県警も大学も解剖予算を執行し尽くしてしまった。

カネがなければ何もできない。検査薬の一つも使用できない。古手川から聞いたところによれば、他殺の疑いが濃厚でもやむなく事故死で処理せざるを得なかったケースさえあったという。これも不謹慎の誹《そし》りを免《まぬか》れないが、地獄の沙汰《さた》も金次第という諺が現実と化した事件だった。

「県警の上層部も馬鹿じゃないから、司法解剖に充てる予算を拡充するよう警察庁に要請したらしい。ところが警察庁刑事局からの答申は昨年に引き続き、『諸謝金の上限と検査料予算単価の見直し』だ。解剖費用で年々赤字を出しているせいもあるんだろうけど、木で鼻を括《くく》るような対応だったもんだから、県警上層部もすっかり諦《あきら》めムードらしい」

古手川の拗《す》ねたような物言いは、そのまま埼玉県警の気持ちを代弁しているように思えた。システムの改変や担当者の精神力で対処できるのならともかく、先立つものがネックとなればどこかから打出《うちで》の小槌《こづち》を探してくるより他に手はないではないか。

部屋の空気が陰気で重くなる。二人ともカネには縁のない立場だから、慰《なぐさ》め合いようもない。ただ互いに財布の薄さを嘆くだけだ。

そしてタイミングがいいのか悪いのか、こういう時に限って場違いな人間が闖入《ちんにゅう》してくる。

「Ｈｅｙ！　古手川刑事。また検案要請、にしては雰囲気が暗いですね。ひょっとしたら二人はとうとう破局を迎えてしまいましたか」

「どうしたら、そういう発想になるんですか」

真琴が抗議する前に、古手川が声を上げた。

「第一、破局するも何も、まだ付き合ってもいないってのに」

「早くすればいいでしょう。猪突猛進《ちょとつもうしん》が古手川刑事のモットーじゃありませんか」

「いや、だから」

このまま続けさせても掛け合い漫才になってしまうので、真琴が帝都テレビの一件を告げた。

さすがにキャシーも表情を硬くした。

「〈コレクター〉の悪夢再び、どころかそれより悪条件という訳ですね」

「そうです。埼玉県警としては、今日以降発生する異状死体全てに神経を集中させられることになる」

「それが本来の姿なのに奇妙と言えば奇妙な話なのですけれどね」

「もう新年度が始まって二カ月半。司法解剖における予算執行率は既に三十パーセントを超えています」

「古手川刑事がこれほど悲観論者だったとは」

キャシーは大袈裟《おおげさ》に溜息を吐いてみせる。

「俺は、特に悲観論者だとは思ってませんけどね」

「コップ半分の水を、まだ半分と見るか、既に半分と見るか。その違いは人生観にも表れるのですよ」

「キャシー先生はヤンキー気質でしょうに」

「それはYankeeのことでしょうか、それともSuburbに住んでいるジャージ姿の住人のことでしょうか。でも相手があなたなら好意的に解釈しましょう」

真琴には話し慣れても、未《いま》だにキャシーが相手では、そうは問屋が卸《おろ》さないらしい。古手川はひどく疲れた様子だった。

「安心してください、古手川刑事。日本語には、同じ轍《てつ》を踏まないという立派な諺があるではありませんか。我々もこの諺に倣《なら》わない手はありません。〈コレクター〉の事件で学んだことも多いはずです」

「でもキャシー先生。他のことならともかく、予算の問題となると俺たち県警でもどうしようもないですよ」

「また悲観的なことを。警察や大学で用意できないのなら、他のところから引っ張ってくればいいのですよ」

「まさか、どこかで酔狂なスポンサーでも見つけたんですか」

「これから見つけようと思います」

古手川は更に疲れた顔を真琴に向けてくる。自分が悲観的なのではなく、キャシーが楽観的過ぎるという顔をしていた。

翌日の夕方、古手川が法医学教室に電話を寄越してきた。真琴の携帯電話にではなく教室の固定電話に掛けてきたのは、検案要請とみて間違いなかった。

『昨日の今日で早速だよ、真琴先生』

「検案要請ですね」

『熊谷《くまがや》市で老人が一人死んだ。病死の可能性が高いが、断言もできない。書き込み主に踊らされているようでムカつくが、来てくれないか』

真琴に否《いや》も応《おう》もなかった。

3

昨今、熊谷市は岐阜県多治見《たじみ》市とともに〈日本で一番暑い街〉として知られるようになった。二〇〇七年八月十六日に当時日本観測史上最高気温の40・9度を観測したのがきっかけで、同市はこの猛烈な暑さを逆手《さかて》に取り、まちづくりに利用したのだ。

熊谷市の気温が高くなる要因は二つある。一つは東京都心のヒートアイランド現象で暖められ、海風で運ばれる熱風。もう一つはフェーン現象で暖められた秩父《ちちぶ》山地からの熱風。この二つの風が午後二時過ぎに熊谷市上空付近で交差することによって気温が並外れて上昇するのだ。

折しも今は六月中旬。関東甲信越《かんとうこうしんえつ》地方は連続の真夏日を更新していた。

既に午後六時を過ぎて日が暮れかかっていたが、クルマの中にいても昼間の猛暑の残滓《ざんし》が見える。アスファルトからゆらゆらと立ち上る陽炎《かげろう》が視界を歪《ゆが》めている。

「病死の可能性が高いけど断言できないって話でしたよね」

真琴が問い掛けると、古手川はううんと煮え切らない返事をする。

「熊谷署から通報が入った。俺も死体の様子は詳しく聞いていないんだけど、年齢といい状況といい、限りなく自然死なんだ。通常なら熊谷署も自然死で処理するところだったんだが、例の書き込みがあるからそうもいかない」

「でも、先に検視官が死体を検分してるんですよね。だったらそれで結論がつくはずじゃないですか」

「検視官も結論がつけられないから困っているらしい。まあ、行けば分かるさ」

現場は閑静な住宅街の一角にあった。造成されて間もない新興住宅地で、どの家も瀟洒《しょうしゃ》な外観を誇っている。当該の家は洋風二階建て、玄関前には熊谷署のパトカーが停まっていた。

「通報のあった桑野《くわの》家。二世帯が住んでいて、亡くなったのは卯平《うへい》って爺《じい》さん」

古手川の説明によれば家族構成は卯平、長男智生《ともお》と碧《みどり》の夫婦、そして孫娘である幾花《いくか》の四人家族となる。

「卯平は今年卒寿っていうから、まあ結構な高齢者だ。最近は寝たきりの生活だったらしい」

「高齢者だから老衰《ろうすい》の可能性が高いという意味ですか」

「高齢者で腹上死ってのもあんまりなあ」

妙齢の女性を真横にして何というセクハラ発言かと思ったが、考えてみればそういう死体も日常茶飯事のように目にしているので今更という感もある。

玄関に入った途端《とたん》、乾いた冷気が身体《からだ》を包んだ。外が蒸し暑い分、まるで別天地のように感じる。

廊下では警官たちが行き来していたが、その中に居場所を間違えたような顔をした女の子がいた。まだ小学校に上がったばかりのようだ。おそらくこの子が幾花だろう。

途方に暮れた様子を見ていると、つい声を掛けたくなった。

「どうしたの」

「じいじのお部屋、入れないの」

同じ大人でも同性だから安心したのだろう。真琴が屈《かが》んで目線を合わせると、そう訴えてきた。

「パパもママも部屋に入るなって」

「幾花ちゃん、おじいちゃんと仲がよかったの」

「うん、好き。お部屋隣だからいつも遊んでくれるの。でも、今はずっと寝ているから遊んでもらえないの」

両親が幾花を部屋に入れようとしない理由は何となく見当がつく。祖父の亡骸《なきがら》を見せて幾花にショックを与えたくないのだろう。

「お巡りさんが沢山いて怖いし」

真琴は古手川の肩を摑んで、やはり幾花の目線まで腰を下ろさせる。

「このお兄ちゃん、怖い？」

未だにやんちゃ坊主の面影を残している古手川に親近感を覚えたのか、幾花はふるふると首を振る。

「このお兄ちゃんもお巡りさんだから。ね、ちっとも怖くないでしょ」

「あのさ、真琴先生。人を緩衝材に使うのはやめてくれないか」

「いいじゃないですか。県警本部だって、市民に愛される警察を目指しているんでしょ」

古手川なりに気を遣ったつもりなのだろう。幾花の頭を撫《な》でようと手を伸ばしたところ、幾花がむっとした。

「子供扱いしないで」

古手川は鼻白《はなじろ》んだように幾花を見つめ、次いで真琴に抗議の目を向ける。

「もうちょっと我慢しててね。お仕事終わったら、お巡りさんはみんな出ていくから」

家族を亡くした女の子の気持ちは、少なくとも古手川より理解できる。幾花を納得させてから、真琴は古手川の先導で死体のある場所へと向かう。

桑名家の間取りは一階にキッチン・ダイニングとバス・トイレ、そして居室がふた間。この居室はそれぞれ智生の書斎と夫婦の寝室になっている。二階はそれぞれ卯平と幾花の個室だ。

卯平の部屋には先着していた熊谷署の刑事ともう一人、見知った人物がシーツに覆われた死体を見下ろしていた。

「やっぱり君が来たか」

真琴を見て皮肉げに唇を曲げたのは国木田《くにきだ》検視官だった。忘れもしない。真琴が最初の解剖要請に出向いた際、古手川と小競《こぜ》り合いをしていた男だ。あの時、検視官に任命されたばかりの国木田は自分の立ち位置を獲得するべく汲々《きゅうきゅう》としているように見えた。

対する真琴も同様だった。研修のためと称して放り込まれた法医学教室で、今までの正義が通用しない現状を知って焦燥《しょうそう》に駆《か》られた。

あれから二年あまりが経過し、真琴は変わった。正しいか間違っているかはともかく、自身が好ましく思う方向に変わった。では国木田はどうだったのだろう。

「光崎先生はお元気かね」

国木田はきっちり真琴を覚えていた。こちらを見る目は、気のせいか以前に比べて角《かど》が取れたような印象がある。

「教授は学外の用事が重なっていて」

「その一つがテレビ出演かね」

自ずと真琴は身構《みがま》える。〈医学の窓〉が放送されてからというもの、光崎は内外から非難を浴びている。当の本人がまるで気にしていないからいいようなものの、やはり面と向かって揶揄や皮肉を聞かされれば腹も立つ。

だが国木田は意外な言葉を口にした。

「光崎先生はよく言ってくれた」

「え」

「解剖率の低さは検視官の素養とカネの問題。単純にして明快。明快過ぎて関係者が言いたがらないことを、よくぞ言ってくれた。あれくらいのインパクトがないと伝わるものも伝わらない」

「あ、ありがとうございます」

「社交辞令はここまで、じゃあ状況説明に入ろうか」

国木田は腰を落としてシーツを捲《めく》る。現れたのは老人性色素斑の目立つ小柄な死体だった。真琴と古手川は反射的に手を合わせる。

「死体は九十歳。足腰が弱って、ここ数カ月はほとんど寝たきりの状態だったらしい。ほら、ことここ」

国木田が指を差したのは腰の仙骨部と踵《かかと》だった。浅い糜爛《びらん》の褥瘡《じょくそう》（床ずれ）が認められ、一定箇所の圧迫が持続していた事実を物語っている。

「持病ではなく老化現象だから、入院もしていない。家族が選択したのは自宅介護だった。二階部屋では階段の上り下りが危険だが本人は寝たきりでもあるし、人の出入りが多い一階よりは安静が保てると家族が判断した」

南向きの窓。ほどよい採光は殺菌効果も期待できる。エアコンも備えてあるから熱中症の心配もない。

「検視の間いったん空調を切っていたが、家人が発見した際もエアコンは動き続けていたらしい。何しろ連日この暑さだったから、ほぼ一日中つけていたそうだ。病人の身体を考えれば間違った対応ではない」

真琴は死体の肌に触れてみる。まるで氷のように冷たい。

人体では代謝その他の働きによって絶えず熱産生が行われている。だが死んでしまえば熱産生も停止するため、体内温度は周囲の気温近くにまで下がる。エアコンが動き続ける部屋に置かれていた死体がこれほど冷たくなるのも道理だ。

「死亡推定時刻は」

「直腸温度を測る限り、死後三、四時間。午後二時から三時にかけて。ちょうど死後硬直の始期だ」

死体の顎《あご》に触れてみると、確かに硬直が認められる。死後硬直は死後二、三時間後に顎《がく》関節から始まり、次いで大関節・末梢《まつしょう》関節へと続いていくから、国木田の見立てはそれに沿ったものだった。

「ちょっと待ってください」

疑義を差し挟んだのは古手川だった。

「この部屋の中で死んだんですよね。家族がいるのに、死体発見が三、四時間も遅れたってどういうことですか」

国木田の代わりに答えたのは、熊谷署の佐伯《さえき》という刑事だった。

「家族は全員外出していたんですよ」

「年寄り一人を放ってですか」

「全員、それなりの理由がありましてね……ああ、これは県警本部の方で直接聴取しますか」

所轄の捜査に県警本部が割り込んでくるのが鬱陶《うっとう》しいのか、それとも古手川の都合を気遣ってなのかは判然としない。あまり他人を信用しない古手川のことだから、この申し出は渡りに船だろう。

「死体を発見したのは嫁の碧です。帰宅して義父の様子を見にきたら、既に息をしていなかったと。発見は午後五時過ぎ、その三十分後ウチに通報があり、駆けつけた次第です」

「三十分とは結構なタイムラグですね」

「本人の弁では色々蘇生を試みようとパニックになっていたみたいですね。やがて智生が帰宅したので通報に至ったという流れです」

今日は平日だ。主婦であっても共働きなら家を留守にしても仕方ない。悲劇は家人不在の中で起きたということか。

家人への聴取が古手川の仕事なら、死因究明は自分の仕事だ。真琴は再び国木田に質問する。

「検視官の見立てはいかがですか」

「よく分からない」

驚いたことに、国木田はあっさり白旗を上げた。

「いや、今のは語弊《ごへい》のある言い方だった。外傷もなく、特定の疾病《しっぺい》に罹患《りかん》していた形跡もない。外見上はどう見ても老衰による自然死だ。しかしテレビ局のホームページに書き込まれた内容が引っ掛かる。『絶対に自然死にしか見えないかたちで人を殺す』だったか。あれが頭の隅にあると、どうしても自然死と結論づけるのに迷いが生じる」

「……わたしもそう思います」

国木田たち検視官の役目は、遺体を司法解剖に付すかどうかを判断することだ。書き込みの内容を気にするのであれば、欧米並みに全ての異状死体を解剖してしまえば手っ取り早いが、そうなれば解剖に充てる費用はあっという間に底を突いてしまう。検視官も県警本部に属する一員なので無茶はできない。

「だからこそ名にし負う浦和医大法医学教室の意見が聞きたかった」

「すみません。折角ご期待いただいたのに、わたしみたいな未熟者が」

「卑下《ひげ》する場面ではないだろう」

国木田の言葉は優しくて辛辣《しんらつ》だった。

「光崎先生の下で二年以上も司法解剖に携わってきたのだろう。そこいらの医学生とは比べものにならないほど経験を積んだはずだ。必要以上に卑下するのは、光崎先生の評判を貶《おとし》めているのと同じことだ」

妙に清々《すがすが》しい気分で、真琴は頭を下げた。「申し訳ありません。失言でした」

「さて。それで浦和医大法医学チームとして、この遺体をどう見る」

「え」

「光崎先生譲りの見解を聞きたい。無論、参考として」

清々しい気分はすぐに吹っ飛んだ。二年の間に国木田が獲得したのは謙譲だけではなかったらしい。

こんなことならキャシーにも同行してもらうべきだった――後悔したが、生憎《あいにく》キャシーは講義の予定が外せなかったのだ。

ならば自分が判断を下すしかない。

「失礼します」

国木田に断りを入れてから、再度死体を検分する。

死斑は死体の下部に集中している。下腿《かたい》が多少浮腫《むく》んでいるのは寝たきり患者特有の症状だ。

目蓋《まぶた》を開くが、まだ角膜は白濁《はくだく》しておらず黄疸《おうだん》の特徴は認められない。老衰死の直接原因は加齢による多臓器不全によるところが多いが、こればかりは解剖しない限り迂闊《うかつ》なことは口にできない。

判断に苦しみながら、頭の隅《すみ》ではだから全ての異状死には解剖が必要なのだと実感する。自然死なのかそうでないのか、確実に究明するには解剖が一番なのだ。

触診しても卯平の死体からは何も伝わってこない。国木田ではないが、自分が検視官でも自然死と判断すると思えた。

駄目だ――真琴は己に失望する。いくら光崎の下で幾多の死体を解剖したからといっても、現役検視官以上の知見を得たとは限らない。経験を知見として発揮するには別の能力が必要になってくる。自分には、その能力がまるで足りていない。

国木田の目が興味津々といったようにこちらを覗《のぞ》き込んでくる。

自然死として判断するか否《いな》か。判断に迷っていると、間に古手川が割り込んできた。

「えっと。いいスか、検視官」

「何だ」

「死体の状況も重要ですけど、家族への心証も無視できないと思います。浦和医大法医学教室の判断は事情聴取の後に回してくれませんか」

「いいだろう。それくらいの余裕はある」

回答保留。

真琴はほっと胸を撫で下ろす。ちらりと横目で見ると、古手川は恩着せがましく目配《めくば》せしてくる。

あんたなんて大嫌いだ。

口にするのも忌々しいので、思いきり睨《にら》んでやる。ただし感謝の気持ちも忘れずに。

一階に下りていくと、卯平の家族がダイニングに集まっていた。さっき廊下で途方に暮れていた幾花も母親の横に座っている。

「早速ですが、本日の皆さんの行動を確認させてください」

古手川がそう切り出すと、すぐに智生が反応した。

「それは構いませんが、まるで尋問みたいですね。親父は老衰なんですよ。どうしてそんなことを確認する必要があるんですか」

「まだ老衰死と決まった訳じゃありませんし、病院以外で亡くなった場合はまず異状死という扱いです」

簡素にして有無を言わせぬ口調だ。智生は不満そうな顔を見せるが、反論まではしようとしない。

「わたしはモバイルショップに勤めていますが、午後五時少し前に家内から『お義父《とう》さんが死んだように動かない』と連絡をもらったんです。急遽《きゅうきょ》駆けつけてみたら、この有様で……それで警察と病院の両方に連絡したんです」

「朝の出勤時には、卯平さんはいつも通りだったんですね」

「だと思います。ずいぶん前からまともに食事は摂《と》らなかったんですが、それでもお粥《かゆ》を茶碗《ちゃわん》半分ほど食べたと家内から聞いてます」

　この証言も卯平の老衰死を裏付けるものだ。

　生理学にはホメオスタシス（恒常性）という概念がある。生体には体液の組成・温度・濃度を一定に維持する自動的な機能が備わっており、食事や水分補給はその機能の働きによるものでもある。従って生体が生存の限界に近づいた時、維持機能も停止して食べ物を受け付けなくなる。老衰が進むと食が細くなるのはこれが理由だ。

「次に奥さん。いつも家を空《あ》けてるんですか」

　碧はややむっとしたようだった。

「わたしはパート勤めをしていたんですけど、三月からお義父さんがあんな風になったので、それからはずっと自宅で看病していたんです。今日はたまたま越谷《こしがや》の実家に戻らなきゃいけない用事があって、朝七時に家を出たんです」

「七時。じゃあご主人や娘さんより前に家を出たんですか」

「いいえ、主人の出勤はいつも七時前で。それから幾花は小学校の集団登校で八時に家を出ることになっているんです。幸い、玄関の鍵は常時持たせているので、今日に限って幾花が最後に家を出たんです」

　古手川が視線を移すと、幾花は無言で頷いてみせる。小学生女児に戸締りを任せるのはどうかと思ったが、寝たきりとはいえ二階には卯平が在宅しているのだから厳密な意味では留守にしていないことになる。

「卯平さんには朝食をあげて、エアコンもつけっ放しだったんですか」

「あまり寒くなり過ぎないように自動設定にしていました」

「ということは一日中ですか」

「あの、ご近所もそうですけど、真夏日になったら使う部屋のエアコンはほとんどつけっ放しですよ」

「使う部屋ってお宅は五部屋ですよね。月々の電気代が大変じゃないですか」

「最近のエアコンはどれも省エネタイプなので、昔に比べてずっと電気代は安いんです。それにここ、日本一暑い街だから。わたしも今は日中ほとんど家にいますし、つけっ放しでもいいんです。電気代がどうのこうの言ってたら死んじゃいますよ」

　これは熊谷市ならではの特殊事情とも言えないだろう。熊谷市に限らず猛暑日が続く昨今、エアコンつけっ放しは特に珍しい話ではない。また、そうした使用状況を鑑《かんが》みてメーカーもより省エネタイプを投入しているらしい。

「別居しているごきょうだいとかいらっしゃいますか」

「いや、わたしは一人っ子ですから」

「なるほど。因《ちな》みにこの家の所有者はどなた名義ですか」

「親父ですよ。七年前、幾花が生まれたのを機に古くからの家を改築したんです。それが何か」

「いや、ただの確認ですよ」

　わざとらしい、と思った。家族を疑っての質問であるのがみえみえではないか。

「それで、親父の遺体はいつ引き取れるんですか。葬式の準備も考えないといけないので」

「今日のところはまだ無理でしょうね」

まだ司法解剖に移すかどうかも決まっていないのに、古手川はそう嘯《うそぶ》く。すると、覿面《てきめん》に智生と碧が反応を見せた。

「無理って、そりゃどういうことですか」

「刑事さん、この暑さですよ。置いておくにも限界があります」

「ここ数カ月、ずっと親父は老衰と闘ってきた。もう、静かに休ませてやりたいんですよ」

「闘ってきた、ですか。老衰死というのは生体が生存に必要な機能を自らシャットダウンしていくシステムだと聞いたことがあります。それって闘いというよりは、武装解除じゃないんですか」

途端に智生の顔色が変わる。

もちろん、これが智生夫婦を怒らせるための質問であるのは真琴にも分かっている。しかし家族を亡くしたばかりの者に放つ言葉としては最低だ。おまけに故人の尊厳まで蔑《ないがし》ろにしている。

やはり、こういう手法は渡瀬から受け継いだのだろうか。

後で非難してやろうと睨んだ時、古手川の頬《ほお》が小刻みに痙攣《けいれん》しているのを見て慌《あわ》てて思い直した。

古手川という男はよく言えば正直、悪く言えば馬鹿正直で、追従《ついしょう》や世辞とは無縁の男だ。ただし仕事の上で図らずも思いとは真逆のことを口にする場面がある。そういう時、頬を痙攣させるのが癖だった。

「でも自然死なら解剖することなく、荼毘《だび》に付すことができるはずじゃないですかっ」

智生は激昂《げっこう》一歩手前のような声を上げる。傍目《はため》には火葬云々《うんぬん》よりも、解剖されるかどうかを案じているように映ってしまう。

「さっきも言いましたが、まだ老衰死と決まった訳ではありません。世の中には自然死を装《よそお》って人を殺そうってヤツがいる」

「それは、わたしのことを言っているんですか。心外だ。名誉棄損で」

「先日、某テレビ局のホームページにそういう書き込みをしたヤツがいるんですよ。だからこそ検視官だけじゃなく、法医学教室の先生までお呼びした次第でしてね」

「法医学教室の……先生」

智生に続き、碧も初めて気づいたというように真琴を見た。どうやら古手川の同僚と間違われていたらしく、真琴は複雑な気持ちになる。刑事に見えたというのは喜んでいいのか、医療従事者に見えなかったというのは悲しんでいいのか。

「浦和医大法医学教室の栂野真琴先生です。実はさっき死体を検分した際、先生に司法解剖を要請しました」

「何だって」

智生は目を剝《む》いたが、驚きたいのはこっちだった。

そんな話は初耳だ。

「いったいぜんたいどんな根拠があって、解剖しなきゃならない理屈になるんだっ」

「栂野先生は大変に慎重な方で、解剖報告書を作成するまでは我々警察にも推論や見立てを言わない人です。しかし間違った判断はしたことがないので県警本部では全幅の信頼を置いています」

古手川の頰が盛大に震えていた。

「そういう先生が司法解剖を必要と判断したのなら、我々も従うしかないんですよ。今から搬送車を迎えに来させますから、そのおつもりで。それでは失礼します」

一方的に宣言するなり、古手川は席を立ってダイニングから退出してしまう。真琴は慌ててその後を追う。

「ちょっと、古手川さんっ」

「質問と抗議と非難は後にしてくれ。ここでは関係者の目と耳がある」

「わたしだって目と耳があります。横で聞いていて仰《の》け反《ぞ》りそうになった」

「そうしてくれなくて助かった」

こちらに向き直った古手川は心底すまなそうな顔をしていた。

「あれが一番信憑性《しんぴょうせい》のある嘘だと思って」

「どう責任を取るつもりですか」

「それも後で考える」

呆《あき》れ果てて二の句も告げない。

「……怪しいと感じた根拠を教えてください」

「司法解剖を要請したとカマをかけたら、たちどころに反応した。あの狼狽《ろうばい》ぶりは普通じゃなかった」

「それだけ？」

「うん」

「そういうのは根拠と言いません。ただの印象じゃないですか」

「真琴先生。法医学教室に来てから、もう何体解剖した」

「数えたことはないけど、最低でも一日一体。多い時は三体」

「もう二年以上になるから軽く五百体は超えてる計算だよな。だったら光崎先生とまではいかなくても、死体をひと目見ただけで予想がつくことも増えてきただろ」

「それは場数を踏めば誰だって」

言いかけて口を噤《つぐ》む。古手川の言わんとすることが分かったからだ。

「俺もさ、真琴先生に負けず劣らず嘘吐きを見てきたんだ。印象つったって満更《まんざら》的外ればかりじゃないんだぜ」

二階の部屋で待機していた国木田に古手川が死体搬送の旨を告げる。こうなるのを予想していたのか、国木田はさして反論もせず応諾した。

「では浦和医大法医学教室に解剖を要請します」

国木田にしてみれば自分の判断をこちらに丸投げしたようなものだ。仮に解剖結果が空振りに終わっても、現場の刑事と法医学教室の逆要請に圧《お》されたとでも抗弁すれば最低限の面目は保てる。

古手川は再び申し訳なさそうに真琴を見た。まるで粗相《そそう》を叱《しか》られた犬のような目だと思った。

4

こうして搬送車に乗せられた卯平の死体は浦和医大法医学教室に到着した。

事前に連絡を受けていたキャシーは死体が待ちきれなかったのか、駐車場まで迎えに来ていた。

「ウェルカム！」

歓迎の言葉が古手川たちに向けられたものか、それとも死体に向けられたものかは訊《き》く気にもなれない。

「光崎教授はスタンバイしてますか」

キャシーは親指を立てて応える。何かのパーティーが始まるノリで、これまた桑野夫婦が見たら激怒するに違いない。

死体をストレッチャーに移すなり、古手川は形だけの挨拶《あいさつ》をする。

「それじゃあ、後はよろしく」

「ちょっ、古手川さん。後はよろしくって、そんな無責任な」

「解剖室に俺がいたって邪魔なだけだ。邪魔者になるより、俺は俺のできることをする」

「もう夜の九時過ぎなのに」

「隠されたものを暴《あば》くのに朝も夜もあるもんか」

それだけ言い残して、さっさとクルマで立ち去ってしまった。そのテールランプを眺めながらキャシーが感慨深げに呟く。

「古手川刑事も言うようになりましたね」

「どこがですか。要するに自分にできることしかしない、取れる責任しか取らないってことじゃないですか」

「キャパシティを超えた責任を取らせようなんてナンセンスです。４８００㎖の血液を持つ成人男性からは４８００㎖の血液しか採取できません」

「その喩《たと》えは怖いです」

「別に喩えではないのですが」

古手川が県警本部から解剖費用を引っ張ってこられなかったら、彼の血を売れとでも言うつもりか。

死体を解剖室に運び入れキャシーとともに準備を終えると、タイミングを見計らったかのように光崎が降臨《こうりん》する。

途端に解剖室の空気がぴんと張り詰める。歩みの遅い小柄な老人なのに、全身から放たれる威圧感は巨漢のレスラー並みだ。

解剖着に着替えた光崎は実年齢より十は若く見える。テレビの画面に映る顰《しか》め面《つら》の光崎も味があるが、やはり解剖着姿の光崎に勝るものはない。

光崎はものも言わずに死体のシーツを捲り上げる。今回の死体が老衰死にしか見えない老人の身体であるのは既に報告済みだった。

「外表検査」

外表検査はその名の通り、メスを入れる前に身長・体重・直腸温、更には栄養状態や髪の毛の長さに至るまで測定する作業だ。つまり現場の検視官が行っている検視工程をそのままなぞる作業でもある。身体特徴や創傷《そうしょう》はないか、皮膚は異常な変色を見せていないか、不自然な注射痕はないか。頭・顔・首・腕・胸・腹・背中・足・陰部・肛門と細部に亘《わた》って検査し、写真を撮っていく。

卯平の死体は死後硬直が進行中だが、それ以外は皮膚にいくぶん赤みが増しただけで大きな変化はない。仔細《しさい》に検分しても疾病の症状は認められない。

「体表面に目立った擦過傷《さつかしょう》および創傷は見当たらず。仙骨部と踵に褥瘡あり」

抑揚に乏しい光崎の声が解剖室に響く。吐き出される言葉は即物的で専門的なのに、光崎の口から発せられた途端に厳《おごそ》かな重みを持つ。

自信に満ち溢《あふ》れているからだと思う。己の知見に根差した確かな判断で迷いがない。それは礼拝堂で神父が唱《とな》える聖書の一節と同列の言葉だ。

外表検査がひと通り終わると、いよいよ解剖に移る。

「では始める。死体は九十代男性、外傷はなく既往歴もない。メス」

メスを握った光崎は更に十歳若返る。眼光が鋭くなり、指先はわずかの震えもなくマニピュレーターのように動く。

キャシーはほとんど憧憬《しょうけい》に近い眼差《まなざ》しでメスの切っ先を追っている。思えばキャシーがはるばるアメリカから日本の浦和まで光崎を慕ってきたのは、本人の人徳よりはその類《たぐ》い稀《まれ》なるメス捌《さば》きによる。アーティストの歌声に惚《ほ》れ込んで、わざわざ海の向こうから渡ってくる狂信的なファンと形容すれば一番しっくりくる。

光崎のメスは死体をY字切開し、首から下腹までを一気に開く。左右に開かれた内部からは一斉に異臭が飛び出してきた。死後半日と経過していない死体でも既に腐敗が進行している。動物性蛋白質《たんぱくしつ》が緩慢《かんまん》に変質していく臭いとともに、各臓器と脂肪の臭気が混然一体となる。慣れない者はマスクをしていても必ずと言っていいほど嘔吐《おうと》感を催《もよお》す。

光崎の指は一瞬も休むことがない。肋骨を開き、各臓器を露《あら》わにする。真琴の見る限り、卯平の臓器は年齢相応に萎縮している。しかし異常な部位は見当たらない。光崎の視線を追ってもみるが、薄く開いた目には動揺も疑念も浮かんでいない。

各臓器の摘出が始まった。光崎の手で切除された臓器が次々にキャシーと真琴に手渡される。表面上の異常はもちろん、重量を測定して健常値との比較を試みる。

ところが作業を続けていくうちに真琴は不安に襲われ始めた。

どこにも異常は認められない。

皮下出血もなければ臓器の損傷もない。キャシーは胃の内容物を調べていたが、これも不審な点は見当たらない様子だった。

まさか、本当にただの老衰死だったのか。古手川が桑野夫婦に浴びせた脅し文句と疑念は見事な空振りだったのだろうか。

話は古手川の大言壮語《たいげんそうご》に留まらない。司法解剖実施の根拠には、嘘とはいえ真琴の所見が含まれている。いや、自分が古手川の嘘のとばっちりを食うのは構わないが、真琴の判断は浦和医大法医学教室の判断と見做《みな》される。その場合の責任は全て光崎に集中してしまう。

どうしよう。

不安は恐怖に取って代わろうとしていた。古手川の無鉄砲と真琴の無配慮が招いた失態。それにも拘わらず迷惑は上司が被《かぶ》る。ただでさえ迷惑をかけているというのに、これでは獅子身《しし》中《ちゅう》の虫《むし》と同じではないか。

しかし光崎は相も変わらぬ冷静さで臓器を観察している。

「ふむ」

軽く鼻を鳴らすと、その目は臓器を摘出された肉体に移った。中身をほとんど取り出された身体は、まるで人のかたちをした容《い》れ物だった。

「組織を見たい。顕微鏡《けんびきょう》」

我に返った真琴は慌てて顕微鏡をセットし、腸腰筋《ちょうようきん》の一部を摘出する。

簡易的な染色後に顕微鏡を覗き込んだ光崎はしばらくの間、微動だにしなかった。マスクをしたままなので表情を窺い知ることはできない。

「見てみろ、真琴先生」

言葉に従って顕微鏡を覗いた真琴は、声にならない叫びを上げた。

筋肉の細胞が溶け出していた。

たちまち卯平の発見された状況と当日の天気が記憶の底から甦《よみがえ》る。

そういうことだったのか。

人体細胞は体温を37℃前後に保つことで健常な状態を維持している。言い換えれば体温が急激に変化すると細胞にも異変が生じる。その異変の一つが、こうした横紋筋融解症《おうもんきんゆうかいしょう》だ。筋肉を構成している骨格筋細胞が高熱によって溶け出し、筋細胞内の成分が血液中に流れ出てしまう症状で、これは体表面からは観察することができない。

「死因は熱中症と推測する」

光崎の所見に頷く。熱中症であっても、人体は体内の熱産生が停止すればその後は外気温に近づいていくから、死因が急激な気温上昇によるものかは分からない。解剖したとしても一見臓器には何の異状も認められない。

死体発見時にもエアコンは動いていたという証言にすっかり騙《だま》されていたのだ。

「死体の主は熊谷市在住だったな。今日の日中、熊谷市の最高気温は何度だった」

「37度を超えていました」

「外気温が37度。空調の切れた部屋なら41度にもなる。九十歳の高齢ではひとたまりもないだろう」

まだ自分は高齢ではないと言わんばかりの物言いだった。

「閉腹する」

未だ昂奮《こうふん》の余韻を残しながら、真琴は卯平の腹が丁寧に閉じられていくのを凝視していた。


「熱中症だったのか」

翌々日早朝、法医学教室を訪れた古手川は解剖結果を聞くなり、そう呻《うめ》いた。

「それで読めた。桑野夫婦は出掛ける際、卯平の部屋だけエアコンを切って外出したんだ。それ以外の部屋では涼風が吹き続けているから娘の幾花には分かりっこない」

「五台のエアコンはほとんどつけっ放しと言ってましたからね」

「当日の室内気温は40度超え。卯平は熱中症で数時間後に死亡。いち早く帰宅した碧が卯平の部屋のエアコンを急冷にして死体を冷やす。死体が冷え切る時間を見計らって警察に通報したんだ。死体が不自然なくらい汗を流していたとしても、寝具や寝間着を交換する程度の時間的余裕はあった」

古手川は結論づけると、真琴の手を引いた。

「ちょっ、古手川さん」

「今すぐ桑野宅に直行する。相手先と本部には俺が連絡しておくから、真琴先生は司法解剖の証人になってくれ」

　どうやら桑野夫婦に任意出頭を求めるつもりらしい。

「幾花ちゃんがいたら、どう言い繕《つくろ》うつもりなの」

「それも真琴先生に頼みたい」

「わたし、昨夜から報告書作成で徹夜していて」

「悪い。クルマの中で寝てくれ」

「どうしてわたしが警察のためにそんな滅私奉公しなきゃいけないんですか」

「埋め合わせはいつかきっとするから」

　古手川の無理は今に始まったことではない。今後も付き合わされるのかと想像すると、溜息が出た。

「智生が卯平を殺さなきゃならない理由は、ちゃんとあるんだよ」

　覆面パトカーのハンドルを握りながら、古手川が捜査結果を打ち明けてくれた。

「智生には結構な金額の借金がある。何に散財したかは分からないが、サラ金数社に三百万円ほど残っている」

　金額が意外だった。

「たった三百万円の借金を返すために実の父親を殺したっていうんですか」

「借金に追われていると、視野狭窄《きょうさく》になって正邪の判断がつかなくなるそうだ。これは班長からの受け売りなんだけどさ」

「でも智生さんは一人息子で、卯平さんも老衰が進んでいたんですよね。言い方は悪いけど、智生さんが卯平さん名義の土地家屋を相続するのは時間の問題じゃないんですか」

「悠長に待ってられなくなったとしたらどうだい。確かに時間の問題かもしれないけど、言い換えたらいつになるか分からない。それでも借金の返済期限は毎月訪れる。共働きの女房が仕事を中断しているから、尚更《なおさら》収入に不安があったはずだ」

そう説明されれば頷かざるを得ない。カネに困った人間が愛情や良心をかなぐり捨てるのは、これまで真琴自身も何度か目にしてきた。

「殺人といってもエアコンのスイッチを切っておくだけ。手軽で、良心の痛まない方法だと思わないか」

桑野宅に到着すると夫婦の他、危惧《きぐ》していた通り幾花の姿もあった。

「どうしたんですか。こんな日曜の朝早く」

智生は露骨に迷惑そうな顔で出迎えた。この顔が古手川の追及後には別の顔に歪むのかと想像すると居たたまれない。

「真琴先生、子供さんの相手をしていてくれないか」

仕方なく真琴は幾花の手を引いて彼女の部屋へと向かう。

「ねっ、お姉ちゃんに幾花ちゃんの部屋、見せてくれないかなあ」

「いいけど……」

言い淀《よど》んだ幾花を見て、すぐに後悔した。幾花の部屋の隣は死んだ卯平の部屋だ。

「待って。やっぱり外でお話ししましょうか」

「今日も朝から暑いよ」

では階段の下で立ち話をするしかない。

「ひょっとして朝ごはん、まだだったの？」

「うん。でも今日はお母さんずっと家にいるから大丈夫」

「大丈夫って何が」

「朝ごはん作るの遅れるだけだから。お母さんね、慌て者だから、用事がある日は時々忘れちゃうの」

「へえ。ご飯作るのを忘れられた時はどうするの。自分でお料理するの」

「ううん。まだ幾花小さいから、包丁や火を使っちゃダメなの。でも冷蔵庫の中のものをチンすればいいから」

ふと疑問が浮かんだ。

「あのね、幾花ちゃん。ひょっとしておじいちゃんが死んだ日の朝も、ご飯が作られてなかったりした？」

「うん。だから冷凍庫からオムライスを出して、チンしようとしたの。でも電子レンジ壊れちゃったの。ボタン押しても動かないの」

「それでどうしたの」

「オムライス冷たいままでねー。でも時間がなかったから、そのままにしておウチ出たの」

突然、閃《ひらめ》いたものがあった。

頭の中を忙しく思考が駆け巡る。

まさかの仮説。だがそれで全ての説明がつく。

「幾花ちゃんの部屋に入っていい？　ちょっと調べたいことがあるの」

「いいよ」

許可を得て、真琴は幾花の部屋に向かう。調べると言っても一カ所だけだ。それが済むと隣の卯平の部屋も調べる。一昨日まで人がいた部屋も、今は気のせいか寒々としている。真琴はこの部屋でも同じものを調べる。

次に一階に下り、智生の書斎と夫婦の寝室にも立ち寄る。ここでも調べる内容は変わらない。

最後にダイニングに入る。折しも中では古手川が桑野夫婦を前に説得を試みている最中だった。

「だから今のうちに自供すれば刑だって軽く……どうしたんだよ、真琴先生」

真琴は構わずダイニングのエアコンが他の部屋に備え付けられたものと同型であるのを確かめた上で、キッチンの電子レンジに視線を移す。

「何してるんだよ。ねえ」

古手川への説明は後だ。電子レンジを前にずらし、背面の表示ラベルを見つめた。

間違いない。

「古手川さん。わたしたち間違っていました」

「何だって。でも司法解剖の結果は熱中症だったんだろ」

「熱中症には違いありません。だけどこの人たちが卯平さんを殺そうとしたんじゃなくて、事故かもしれないんです」

「説明してくれ」

「その前に奥さん、教えてください。この家の契約アンペアは何アンペアですか」

「40アンペアです」

「やっぱり」

一人納得した真琴を見て、古手川は苛立ちを隠そうともしない。

「あのさ、真琴先生」

「ブレーカーのせいなんです」

真琴は頭の中で整理しながら説明を始める。

「真夏日は使用する部屋のエアコンをつけっ放しにするんでしたよね。この家に備え付けられたエアコンはどれも同じ型でした。インバータエアコンで冷房時には5・8アンペアの電流が流れます。もし五台同時に使用しても5・8アンペア×五台で29アンペア。契約容量の40アンペアまでには、まだまだ余裕があります。だけど」

真琴は言葉を切って、ダイニングの近くに幾花の姿が見えないのを確かめる。

「この時点で電子レンジのスイッチを入れたら駄目です。この電子レンジの定格は15アンペア。トータルで40アンペアを超えてしまい、アンペアブレーカーが落ちて停電してしまうんです」

ようやく古手川も納得いったようだった。片や桑野夫婦の方は二人揃《そろ》って項垂れている。

「あの日の朝、同じことが起きました。五つの部屋で動き続けるエアコン。最後に家を出るはずだった幾花ちゃんは、お母さんが朝ご飯を作っておくのを忘れたため、電子レンジのスイッチを入れてしまいます。その途端、アンペアブレーカーは容量を超えて停電してしまいますが、朝で照明も点《つ》いておらず、幾花ちゃんは電子レンジの調子がおかしいだけだと勘違いしたまま家を出ます。エアコンの切れた家の室内は外気温の上昇とともに急激に上がり、卯平さんは熱中症になってしまったんです」


桑野夫婦の事情聴取を終えた古手川は、律儀にも法医学教室を訪れて詳細を語ってくれた。

「概ね真琴先生の推理通りだった」

古手川は感心半分悔しさ半分という体《てい》で話し始める。

「碧は玄関のドアを開けた瞬間、異状に気づいたそうだ。何せ熱気が籠《こ》もっていたからな。電気を点けようとしたが停電している。慌てて卯平の部屋に行ってみると当人はとうに事切れている。キッチンにあった、中途半端に解凍された冷凍食品と落ちたブレーカーを見て、全てを察したそうだ。それから智生が帰ってくる。元々あの辺りの住宅はもっと高いアンペアで契約しているが、桑野宅は卯平の代で建てて、改築しても40アンペア契約のままだった。容量オーバーでブレーカーが落ちるのは予想できたから桑野家では家電を使い過ぎないよう取り決めをしていたけど、幾花ちゃんはすっかり忘れていたようだ。二人は卯平が老衰死したと見せかけるために、大急ぎで隠蔽《いんぺい》工作に走った。もっとも卯平の汗塗《あせまみ》れになった寝間着を替えたり、部屋の温度を急激に下げるだけだったから、そんなに難しい作業じゃない」

「でも、どうしてそんなややこしい真似《まね》をしたんですか。普通に、熱中症で死んだと届け出ても問題はなかったのに」

「それもこれも全部幾花ちゃんのためだった。自分のしたことで大好きなじいじを殺してしまったと知ったら、あの子は生涯自分を責め、呪い続ける。おじいちゃん子だから尚更だ。だから偽装しようとしたんだ。夫婦が言っていたよ。おじいちゃんだって、幾花を苦しませるようなことは避けたかったはずだとね」

古手川は切なそうに目を伏せた。

「光崎先生は死体の声を聞くだろ。でも今回、卯平の声を聞いたのは実の家族だったのかもな」

「警察はこの事件をどう扱うつもりなんですか」

「事故であることは間違いないんだけど、決して幾花ちゃんには真相を知られたくない。ウチの班長や熊谷署の連中も、それで頭を悩ましている」

子供の扱い方に大の大人たちが挙《こぞ》って悩んでいる姿は、それはそれで微笑《ほほえ》ましく思えた。

「それにしても真琴先生にはつくづく感心したよ。現場を見てすぐ停電に気づいたんだろ。おっそろしい観察眼じゃないか」

それには答えず、真琴はふふと笑ってみせる。

あれは観察眼などではなく、ただの経験則だ。住んでいるアパートの契約アンペアは20アンペアなのだが、夏場にエアコンと電子レンジ、そしてドライヤーを同時に使うとたちまちブレーカーが落ちる。そのことを思い出しただけの話だ。

しかし、これは黙っていようと決めた。少しは尊敬してもらわないと、今後の付き合いにも影響する——と考えたところで急に慌てて出した。

今後の付き合いって何よ。

二　異邦人の声

1

溶解炉《ようかいろ》で真っ赤に溶けた鋳鉄《ちゅうてつ》が砂型に流し込まれる瞬間、ちりちりと水蒸気の爆《は》ぜるような音がする。溶けた鋳鉄の温度は１３００度以上。耐火性の作業着を着ていても猛烈な熱を感知できる。

船堀英作《ふなほりえいさく》は防護メガネを通して鋳鉄の赤みが徐々に消えていくのを注視する。一度型に流し込んでしまうと、中の鋳鉄が完全に冷え切るまで作業を中断することはできない。鋳込《いこ》みの際の熱処理いかんで製品の仕上がりは全く違うものになる。既に作業着の中は気の遠くなるような熱気が籠もっているが持ち場を離れることはできない。溶けた鋳鉄をクレーンで流し込む工区もあるが、船堀はもっぱら愛用の柄杓《ひしゃく》で流し込む。慎重にも慎重を期する作業なので、柄杓を使うのは船堀だけだ。経年変化と高熱のためにすっかり変形しているが、これだけ手に馴染むと歪《いびつ》な形に却って安堵《あんど》を覚える。

鋳鉄が冷えた頃合いを見計らい、砂型を壊して中身を取り出す。壊した砂型はまだ高熱なので素肌にかかれば確実に火傷《やけど》をする。ショットブラストで鉄の表面にこびりついた砂をこそぎ落とし、後はグラインダーを使ってバリを削れば仕上げが完了する。

ようやく休憩時間になり、船堀は作業棟の外に出て作業着を脱いだ。七月初旬、ぎらぎらと陽が照りつけるが、作業場の中に比べればずいぶんマシだ。上半身を滝のように汗が流れるが、時折吹く風が熱を奪ってくれる。

この仕事を始めてから二リットル入りのペットボトルのミネラルウォーターを一日で飲みきるようになった。それでも汗になって排出される分の方が多いのか、体重は減る一方だ。こういうのは鋳物《いもの》ダイエットとでも呼ぶのだろうか。

しばらく涼んでいると、あっという間に十分が経過した。休み時間は貴重だ。弁当を食べた後に、またぼんやりすればいい。

その時だった。

作業棟からふらりと出てきた人影が目に留まった。ヘルメットを取った顔は船堀も見知っていた。同じ工区のホーというベトナム人で、この工場で技能実習生として働いている。

ホーは腹を押さえ、朦朧《もうろう》としている様子で目が虚《うつ》ろだった。足元が覚束《おぼつか》なく、今にも倒れそうだ。そして木陰《こかげ》に辿《たど》り着いたと思う間もなく、その場に頽《くずお》れた。

さすがに放っておけず近寄ろうとしたら、彼の後から出てきた他のベトナム人たちが船堀より早くホーに駆け寄った。

異国の言葉であっても毎日職場で耳にしていれば短い単語くらいは何となく聞き取れるようになる。ベトナム人たちは目を覚ませ、気をしっかり持てと口々に叫んでいるが、ホーは目を閉じたまま揺さぶられるに任せている。

ホーは比較的肌が白いので、彼の顔色が相当悪いのがここからでも分かる。遅きに失したが船堀もホーに近づいていった。

「大丈夫かよ」

ホーの介抱をしていたベトナム人たちが一斉に船堀を見る。彼らも日本語を日常会話程度はマスターしており、心配そうに首を横に振る。見ればホーの呼吸は浅く、抱き起こすとこの暑さにも拘わらず身体が冷たい。念のために脈拍をみたが、こちらも弱々しい。

尋常な状態でないのは素人の船堀でも分かった。放っておけば命に関わる。応急措置が必要だ。

ベトナム人の一人が、今すぐ医者に診《み》せようと言い出した。この鋳物工場には産業医が常駐していることを知っているのだ。

一人が立ち上がって事務所のある方角へ走り出す。残ったベトナム人の何人かが訴えるような目でこちらを見る。自分たちの日本語だけでは不安なので、ついていってくれという目だ。

皆の懇願に押されて船堀はベトナム人とともに事務所に急ぐ。事務所の北側には保健室があり、ひと通りの治療薬は揃っていると聞いている。

保健室では膳場《ぜんば》医師が弁当を掻き込んでいる最中だった。

「センセイ。ホー、ヨクナイ」

膳場医師は口にものを詰めたまま、用件をはっきり言えというように船堀を見る。

「二区で働いているホーというのが、具合悪くて倒れたんです」

船堀がホーの症状をできるだけ詳細に説明すると、膳場医師はペットボトルのお茶で口に含んでいたものを一気に飲み下した。

「案内してください」

膳場医師を加えた三人が元の場所に駆けつける。ホーの容態はますます悪くなり、顔面からは血の気が失せている。

「抱き起こさないで。静かに寝かせてください」

ホーを触診していた膳場医師はみるみる深刻な顔に変わる。

「誰か担架《たんか》を持ってきてくれ」

叫んでから、こちらに振り向いた。

「二区で働いていると言ったね。君の知り合いか」

「俺も同じ工区ってだけで、特に親しい訳じゃありません」

「以前から具合が悪そうだったとか、何らかの兆候はあったのですか。見たところ黄疸も出ているし肝臓疾患の疑いがあります」

「いや、だからそんなに深くは知らないんですよ」

膳場医師は少し当惑しているようだった。無理もない。鋳物工場で発生する事故や病気は一に火傷、二に熱中症、三、四がなくて五に怪我《けが》だ。内臓疾患で倒れたらしいケースは船堀も初めて見た。

膳場医師は片言のベトナム語でホーと同国の同僚に同じ質問をしたらしい。彼らも身に覚えがないようで、首を横に振る。

ほどなくしてホーは担架で保健室に運ばれ、更に最寄りの救急病院へと搬送された。同じ工区の従業員として知らぬふりはできず、現場責任者の伏本《ふしもと》に報告すると彼は物憂《ものう》げな表情を見せた。

「病院に緊急搬送か。こういう時は回復するのを待つなり親族を呼ぶなりするのが普通なんだが、ベトナムとなるとなあ」

伏本は言外に技能実習生の扱いが煩《わずら》わしいと愚痴《ぐち》る。

技能実習生に不測の事態が生じた場合、企業は監理団体に報告する義務がある。報告の件数と内容はそのまま企業体質と受け止められかねず、過労や怪我の報告が多ければ法務省と厚生労働省から睨まれる。

「ここだけの話だけどな」と、伏本は声を低くして言う。

「あいつらが仕事中に死ぬとな、会社からはもちろんだがＪＩＴＣＯ《ジッコ》（公益財団法人国際研修協力機構）からも弔慰金《ちょういきん》がダブルで支給されるんだ。言い方はひどいが、国で待っている遺族にはビッグ・ボーナスって訳さ」

本当にひどい言い草だった。

その後に船堀が伝え聞いたところによれば、緊急搬送されたホーは病院に到着する前に救急車の中で死亡が確認されたという。搬送先の病院でＣＴを撮ると肝臓がんと腹腔《ふくくう》内出血が認められ、死因は肝臓がんの破裂と診断されたらしい。

ホーの死亡を聞いたベトナム人たちは一様に驚き、そして悲しんだ。死因が肝臓がんというのは意外らしかったが、遠く異国の地で命を落とした同胞に対しては思うところがあるのだろう。その日一日、彼らはひどく口が重かった。

それにしても気になった。ホーの死体はいったん会社に戻されるが、その先については誰からも何も聞いていない。もちろん故郷に返されるのは当然だが、どういう手順で荼毘に付され、そして送られるのか。

気落ちしている様子の一人に訊いてみた。すると彼は片言の日本語を駆使して、こう訊き返してきた。

「日本デハ、死体、焼クデスカ」

「焼ク……ああ火葬のことか。うん、日本では全部火葬になる」

「ベトナム、土ニ埋メテマシタ」

「今もそうなのか」

「ホーチミントカハノイデハ、火葬ガ進ンデイル。火葬ニスルトオカネガモラエマス。デモ、大キナ街ダケデ、田舎《イナカ》デハマダ埋メテイマス。ホーノ生マレタ町モ田舎デ、焼クハシナイハズデス」

「そうしたら、遺体をそのまま空輸することになるのか。まさか、そんな訳ないだろう」

「ワタシニモ、ヨク分カリマセン。タダ、焼クト、ホーノ家族ハ悲シムト思イマス」

＊

「やあ。一人かい、真琴先生」

教室に入ってくるなり、古手川は気安く声を掛けてきた。

「あのですね古手川さん。いくら警察官でも、ここは大学の構内であなたは部外者なんですから、もう少し遠慮というものを」

「まあまあ。警察官でも、ここ半月以上は光崎先生のために走り回ってるんだからさ」

そう言われると真琴は強く出られない。古手川をはじめとした県警の面々が光崎のために地道な捜査をしているのは紛《まぎ》れもない事実だった。

『これからわたしは一人だけ人を殺す。絶対に自然死にしか見えないかたちで。だが死体は殺されたと訴えるだろう。その声を聞けるものなら聞いてみるがいい』

テレビ局の公式ホームページに書き込まれた一文をただのイタズラだと決めつける向きもあったが、過去には〈コレクター〉の前例もあるので、県警捜査一課も無視する訳にはいかない。

「大体、どうして埼玉県が毎度毎度こんな目に遭わなきゃならないんですか」

真琴がいささか自棄《やけ》気味に言うと、古手川が困惑顔を向けてきた。

「どうしてって、ちゃんと理由はあるさ。埼玉県には浦和医大があって、浦和医大には光崎先生がいる。俺たちはもう見慣れているけど、テレビで光崎先生を見た人間の中には何だこの野郎って反感を覚えるヤツも出てくる。流行りの劇場型犯罪を目論《もくろ》んでいる犯人なら、真っ先に標的にするタイプだよ」

「光崎教授は被害者側なのに、こっちが悪いみたいな言い方ですね」

「あのさ、実際はその通りなんだけど光崎先生が被害者って違和感ないか」

返事に窮《きゆう》した。学内でも学外でも唯我独尊を貫く光崎を間近で見ていると、確かに被害者の持つ悲壮感や同情を誘うような風情は微塵《みじん》も感じられない。

「理由の二つ目は、まあこれは恥ずかしい話なんだけど埼玉県警の検挙率が警視庁に比べて低いことなんだよな。犯人の側に立てば、そりゃあ検挙率の低いところで悪事を働いた方が安全だからね」

「それに埼玉県は東京と違って監察医制度がないし」

「この話、もうやめにしないか。話していると、やる気がどんどん殺《そ》がれていく」

古手川は唇をへの字に曲げて提案してきた。これには真琴も同意するしかない。光崎の存在も検挙率の低さも監察医制度も、全て真琴と古手川の奮闘でどうにかなるものではない。二人ができるのは、目の前に投げ出された案件を粛々《しゆくしゆく》と片づけていくことだけだ。

「今日お邪魔したのは、ちょっと気になる案件があったからだ」

古手川が差し出したのは死亡診断書の写しだった。右肩に振ってあるナンバーは古手川が捺《お》したものだ。帝都テレビの公式ホームページに不審な書き込みがあった日から、古手川は県内で発生する自然死全件に目を通している。各医療機関に手配して死亡診断書のコピーを取り寄せており、その処理と内容の吟味《ぎんみ》だけでほぼ半日を費やしているらしい。その中で気になった案件を、こうして法医学教室に持ち込んでいるのだ。

真琴は差し出された死亡診断書に目を通す。

氏名はホー・ヴァン・トゥアン、川口《かわぐち》市の救急病院で七月六日に死亡している。直接の死因は肝臓がんの破裂と記載されているが解剖は実施されておらず、同病院のCT検査で判明したとのことだ。

その他の項目を具《つぶさ》に眺めたが、別段矛盾点も記述抜けも見当たらない。報告書の類いを鵜呑《うの》みにするなというのは法医学教室に来てから学んだ教訓だが、刑事の古手川が死亡診断書または死体検案書に真琴ほどの不信感を抱いているとも思えない。

「いったい、この死亡診断書のどこが気になるんですか」

日付、と古手川は答えた。

「病院で死亡したのは六日。ところが二日経《た》ってもまだ市役所からは火葬許可証が発行されていない」

死亡届を提出し火葬場の予約が済んでいれば、役所は直《ただ》ちに火葬許可証を発行するはずだ。

「亡くなったのは外国の方ですよね。宗教上の問題で火葬ができないとか」

「それにしたって、このクソ暑い七月だぞ。こんな暑さの中で一日死体を放置したらどんな有様になるか、真琴先生だったら俺に言われるまでもなく知っているだろ」

途端に猛烈な腐敗臭の記憶が鼻の粘膜《ねんまく》に甦る。感覚は理屈に優先し、記憶は当て推量を駆逐する。

「それは確かに変」

「死体の保存にも費用が要る。一応、死んだホーの勤務先に問い合わせてみた。〈クマダ鋳物〉って会社の技能実習生だったよ。ベトナムから来ていたらしいけど、〈クマダ鋳物〉が親切心でそんなサービスをするとは思えない」

「つまり親切心が期待できないような前科が会社にあるんですね」

「鋭いね、真琴先生。〈クマダ鋳物〉は過去に何度か労災死を引き起こして、労働基準監督署の指導を受けている。そんなところが外国人労働者一人のために死体保存の費用を工面するとは思えない」

これは真琴にも納得できる理屈だった。生きている労働者を無下《むげ》に扱う会社が死者を敬《うやま》うはずもない。

「それが気になる根拠ですか。殺人を疑う理由にしてはちょっと弱い気もするけど」

「否定しない。だけど引っ掛かることを潰《つぶ》していくのは捜査の基本でね」

古手川にしては真っ当な話をする。おそらくは上司からの受け売りだろうが、光崎やキャシーの言葉に教えられることの多い真琴は、むしろ何も受け売りがない者の言葉は眉唾《まゆつば》ものだと思っている。

「この死亡診断書自体には何も疑問点は見出せないけど、それでもわたしに意見を求めるんですね」

「どうせ死亡診断書を百パーセント信用しちゃあいないだろ」

「……その言い方、ちょっとムカつきますけど」

「図星だからだろ」

一瞬殴ってやろうかと思ったが、やはり図星を指されているると言われるのが嫌だったので拳《こぶし》を引っ込めた。


古手川の運転で川口市の〈クマダ鋳物〉へと向かう。クーラーの効いた車内にいても、アスファルトから立ち上る陽炎で外の熱気が見える。

「熊谷もいい加減暑かったけど、川口も相当だよな」

そうですね、と答えながら真琴はホーの死体の保存状態に想像を働かせる。一番安価なのは搬送先の病院の霊安室で保管してもらう方法だが、病院側も死亡診断書を作成した時点でベッドを無駄にしたくないから患者を放り出す傾向にある。個人的に保存するとすればすぐに思いつくのがドライアイスによる冷蔵だが、これも場所と手間が掛かる。いったいホーの死体はどんな状況下にあるだろうと考えると、いやな予感しかしなかった。

目的の〈クマダ鋳物〉に到着し事務所で古手川が警察手帳を見せると、受付に立っていた女性は大層驚いたようだった。

「労働基準監督署を飛び越えて、今度はいきなり警察ですか」

「いや、おたくの労働条件がどうこうの話じゃなく、先日亡くなったホーさんの件で伺ったんです」

女性事務員の狼狽ぶりは収まったものの、最初の反応が際立っていた。刑事が訪問しただけでこれだけ慌てられると、つい疑いたくないことまで疑ってしまう。

最初に紹介されたのは産業医の膳場という医師だった。

「稀有《けう》な例ではあったんですよ」

膳場医師は古手川たちの前で弁解気味に言った。

「こういう職場ですから、身体の不調を訴えてくるのは三分の一が熱中症、三分の一が溶解作業中の火傷、残りの三分の一が怪我という具合で、肝臓がんというのは初めての事例でした」

よくある事例なら対応できたが、肝臓がんでは対処のしようがなかったというような言い草だった。保健室を見回してみれば確かに内臓疾患に対応できる設備ではないが、それにしても言い訳がましい。古手川が警察官だから逃げに回っているのがみえみえだ。

「ホーの死体、まだ火葬にしていませんね」

「彼の故郷では土葬がもっぱららしいですね。それで彼の同僚が、何とかして遺体を祖国に運べないかと会社に掛け合っている最中です」

「今、死体はどこに保管しているんですか」

すると膳場医師は休憩室だと明かした。

「熱気が当たり前の職場ですが、そこだけは一日中クーラーが効いていますからね。ベトナム人の有志たちが、そこに遺体を運び込みました」

「でも休憩室というのは技能実習生専用じゃありませんよね」

「ええ、一カ所しかありませんから、当然日本人の従業員も利用します」

「そんな場所に死体を置いて揉《も》め事になりませんか」

「なってますよ」

うんざりした口調だった。

「休憩室を不当に使用するベトナム人側と会社側でひと悶着《もんちゃく》起きています。どちらにもそれぞれ言い分があるので頭の痛いところです」

「休憩室を見せてくれますか」

二人は膳場医師に先導されて休憩室に向かう。休憩室は作業棟に隣接しているということだったが、事務所棟から作業棟に移動した瞬間、作業場の熱気が壁を通して伝わってきた。もちろん廊下には空調が働いているのだが、熱気が猛烈なためにあまり効き目がない。不調を訴える者の多くが熱中症というのも合点がいく。

休憩室の入口では二人のベトナム人が見張りをしていた。「警察の人たちだよ」と膳場医師が紹介すると、二人の顔に怯《おび》えが走った。

「先生。別に我々は逮捕しにきた訳ではないのを説明してくれませんか」

多少のベトナム語は操れるのだろう。膳場医師がひと言ふた言話すと、彼らは束《つか》の間《ま》逡巡《しゅんじゅん》した後にドアの前から離れた。

「真琴先生は死体の状態を見てくれ」

言われるまでもない。自分はそのために連れてこられたのだ。

ドアを開けると、すぐに冷気が身体を包んだ。十畳ほどの空間にロッカーが並んでおり、ここが休憩室兼ロッカールームであるのが分かる。

死体は部屋の中央に安置されていた。シーツを被せられ、その四方にドライアイスの柱が立てられている。お蔭で床には気化したドライアイスが白い煙幕となって漂っている。

「いくら涼しくても、この中で休憩をとろうなんて思わないだろうな」

古手川の意見はもっともだが無視してシーツを捲る。

冷房の効いた密室とドライアイス。素人の思いつきにしては上出来だが、それでも死体の腐敗を防ぐには限界があった。通常死後硬直は夏場で二日、冬場は四日で緩解時期が訪れるが、ホーの死体は既に硬直が解けかかっている。長らく仰臥《ぎようが》姿勢であったため、死斑は背中側に集中している。眼球もすっかり白濁している。

念のために体表面を眺めてみる。目立った外傷はなく、古傷の類いも見当たらない。搬送先の病院では肝臓がんの破裂と診断されたようだが、それも頷ける。肝臓は沈黙の臓器と呼ばれ、変調を来《きた》しても自覚症状はほとんどない。本人の知らぬ間にがんが成長し、何らかの理由で破裂してやっと腹痛を覚えるが、その時には既に手遅れだった――CT画像を見たであろう担当医の判断もなるほどと頷ける。

だが、真琴は不幸なことに浦和医大法医学教室の人間だった。光崎の下で学んだ者は他人の診断や風評、又聞きの類いを鵜呑みにしないように躾《しつ》けられている。

「どうだい、真琴先生」

「どうと訊かれても、解剖しない限りは何も断言できません」

「そう言うと思った」

古手川は満足げに頷く。この男の上司もまた光崎と同様に他人を信用しない憾《うら》みがあるらしいので、真琴と似たような信念を植え付けられている。

「でも古手川さん。彼の親族は遠くベトナムの地にいます。解剖するつもりなら親族と連絡を取らないと」

「それは難しいかもしれませんね」

横から膳場医師が割り込んできた。

「司法解剖や行政解剖ならともかく、家族側に負担の生じる承諾解剖では無理でしょう」

「どうしてですか」

真琴が理由を尋ねると、膳場医師は物憂げな顔をした。

「一家の働き頭を外国に送り出すような家庭に解剖費用を捻出する経済的余裕があるかどうか。幸か不幸かホーの生まれ育った地方は、今も土葬だそうです。本人の亡骸をそのまま運んでくれというのが本音でしょうね」

どうしますか、と真琴は古手川に目で訴える。鈍感で融通の利かない男だが、この訴えは通じるはずだ。

果たして古手川は膳場医師に向き直って言った。

「同僚の人たちから事情を伺いたいのですが、通訳をお願いできませんか」

「事情を伺うって、要は捜査するという意味ですよね」

膳場医師はさほど深刻そうな顔を見せず、代わりに人差し指で額《ひたい》を押さえる。

「技能実習生の中でも日本語に堪能なベトナム人がいます。彼に通訳させる方が手っ取り早いでしょう。わたしも向こうの言葉は片言でしてね」

歯切れの悪さから、この件にはあまり関わりたくないといった気持ちが露骨に伝わってくる。

「真琴先生。睨み過ぎ」

古手川に指摘されて気がついた。自分では意識していなかったが、そういう目で見ていたらしい。

膳場医師は面目なさそうに弁解を始めた。

「ご存じの通り産業医というのは半分契約社員みたいなものでしてね。しかも健康管理や衛生管理で助言することはあっても診断や処方はしません。まあ、ここは熱中症と火傷事故が非常に多いので常備薬や湿布くらいは置いてますけどね。だから社員の病気や怪我に積極的に関与できないし、現場の労働環境を批判できる立場にないんですよ」

「それで通訳も従業員に頼めってんですか」

「誤解しないでほしいんですが……いや、誤解でもないか。わたしも〈クマダ鋳物〉の技能実習生の扱いに憤慨している一人です。間近で見ているから余計にね。しかし立場上、大っぴらに声を上げることもできない。だからあなた方に最良の通訳を紹介するんです。それが免罪符になるとは思えないが、死んだホーにしてやれるのは、これが精一杯なんですよ」

休憩室を出た膳場医師の後ろをついていきながら、真琴は小声で古手川に話し掛ける。

「事情聴取するのはいいですけど、肝心の解剖はどうするんですか。置かれた状況から考えても、司法解剖や承諾解剖は望めませんよ」

「何とかなる」

「そんないい加減な」

「はっきりした疑惑や証拠があるなら、それなりの手順は踏むさ。まだそんな段階じゃないから事情を訊くよりしょうがない」

「はっきりしない疑惑ならあるんですか」

「真琴先生だって薄々勘付いているんだろ」

古手川は一段と声を低くした。

「この会社からは真っ当じゃない臭いがぷんぷんする。叩けば埃《ほこり》の出るところって、こういう場所を指すんだ」

2

膳場医師が紹介してくれたのはホーと同じ工区で働く、技能実習生の一人だった。

「グエント言イマス」

背丈は180センチを優に超える偉丈夫《いじょうふ》で、日本語も流暢《りゅうちょう》だった。休憩時間を利用して、作業棟の外で四人のベトナム人に集まってもらい、彼らの証言を通訳してもらう手筈《てはず》だった。

「ホーガ殺サレタト警察ハ考エテイルノデスカ」

「事故も事件も両方考えています。ご協力をお願いします」

丁寧に喋らないと通じないとでも思ったのか、古手川はいつになく慎重な物言いをする。上席者であるはずの検視官にさえ馴《な》れ馴れしい口の利き方をする男が、妙に行儀がいいのが意外だった。

「まず、ホーさんはどんな人でしたか」

「トテモ優シイ男デシタネ。人ノ悪口ハ決シテ言ワズ、困ッテイル仲間ヲ見タラ、イツモ助ケテイマシタ。ココデ働イテイル者ノ中ニハ文字ガ書ケナイ者モ少シダケイルノデスガ、ベトナムノ家族ニ手紙ヲ書ク時ハ手伝ッテクレテイマシタ。性格ハオトナシク、殴ラレテモ殴リ返サナイ」

「憎まれるような人ではなかったんですね」

「ハイ。ベトナム人カラハ」

「以前からホーさんは身体の変調を訴えていましたか」

「イイエ。彼トハズット同ジ場所デ働イテイマシタガ、具合ガ悪ソウダッタノハ、アノ日ダケデシタ」

「昼休みになってから倒れたと聞いています。その前後に何か変わったことはありませんでしたか」

質問されるとグエンは他の四人にベトナム語で尋ね、そして彼らの証言を纏《まと》める。一人が辛《つら》そうに話し始めると、グエンの顔色が変わる。

「アノ朝、ホーガ取リ囲マレテイルノヲ見タソウデス」

「誰に取り囲まれていたんですか」

「中国カラ来タ技能実習生タチデス」

訳が分からず、古手川が突っ込むとようやく事情が呑み込めてきた。

〈クマダ鋳物〉の作業場は仕事の種類によって四つの工区に分かれている。そのうち二区はベトナム人が多くを占め、三区は中国人、四区はフィリピン人というように各区をなるべく同国人で固めるようにしている。危険が伴う現場であり、意思の疎通が不可欠と考えられているからだ。ところが、この方針が裏目に出る。同国人で固めたために民族対立に似たものが生まれたのだ。

民族対立といっても宗教や思想での争いではなく、職場で問題になるのは常に労働問題だ。この場合は賃金格差がそれに当たる。

「同じ技能実習生なら、賃金も同じなんじゃないんですか」

「他ノ会社ハ知リマセンガ、〈クマダ鋳物〉ハ出身国デサラリーニ違イガアリマス」

グエンの説明によれば、まず日本人、次にベトナム人、次いで中国人とフィリピン人の順になっている。一見差別めいた賃金格差の理由は勤勉さと歩留《ぶど》まりなのだという。つまり会社の規定よりも長く働き、しかも製品のミスが少ない工区を評価していたらしい。

「規定を超える作業時間なら、当然残業手当が支給されるでしょう」

「十時間ノ残業デ二千円ノ手当ガツキマス」

「ひどいな」

思わずといった調子で古手川が洩《も》らす。真琴も同じ意見だった。時給二百円などタダ働きのようなものではないか。

「中国人実習生ハ嫌ガッタノデス。ソンナオ金デ長イ時間働キタクナイト。スルト会社ハ中国人実習生ノ数ヲ減ラシ、代ワリニベトナム人ノ実習生ヲ増ヤシマシタ」

低賃金で長時間働ける従業員を増やした方が会社は楽だろう。それに昨今は中国本土の人件費が急騰し、日本人のそれと格差がなくなっているという。中国人実習生が残業手当の低さに納得いかないのも無理のないところかもしれない。

「ソウイウ理由デ中国人実習生ノ数ガ減ラサレ、彼ラハ怒ッテイマシタ。二区ノベトナム人ヲ纏メテイタノガホーダッタノデ、ホーハ彼ラカラ恨マレテイタミタイデス」

ホーが同胞からは憎まれていないと言った理由はそれだったか。

横で聞いていた真琴は暗澹《あんたん》たる気分になる。会社側の思惑で技能実習生同士に確執が生まれる。実質的には労働力の搾取であるにも拘わらず、怒《いか》りの矛先が会社側に向けられることはない。何やら前近代的な労働争議を彷彿《ほうふつ》させる話だが、翻《ひるがえ》って考えれば〈クマダ鋳物〉の運営方針が前近代的なのかもしれなかった。

いずれにしてもホーが逆恨みをされていたのは無視できない証言だ。彼が肝臓がんを破裂させたことと何らかの因果関係があるのではないか。近年の研究でもストレスが肝機能に影響を与える可能性が報告されている。

その時、真琴たちの前を作業着姿の男が横切り、グエンが声を掛けた。

「アア、船堀サン」

名前を呼ばれた男は怪訝《けげん》そうにこちらを見る。ベトナム人技能実習生とどこから見ても刑事風の男、そして白衣の女。珍妙な取り合わせであるのは間違いなく、船堀の視線を一概に失礼と責めることはできない。

「何だよ、この人たち」

古手川がホーの死亡について事情聴取している旨を告げると、船堀は態度を一変させた。

「ホーの死に何か疑問点があるんですか」

「事故でも自殺でも、取りあえずは事件性の有無を確認するんですよ」

古手川の説明に納得したように、船堀は一度頷いてみせる。

「会社ノコトハ船堀サンガ詳シイデス。二区デハ一番長クイマスカラ」

他のベトナム人たちが頷いてみせる。技能実習生という立場では話せないこともあるに違いない。古手川は双方を見比べて、質問の対象を船堀に切り替えた。

「〈クマダ鋳物〉では国籍によって条件を変えているというのは本当ですか」

「これはホーの死に絡んだ捜査で、会社の労働条件は関係ないでしょう」

「背後関係というものがあります。捜査に協力してもらえませんか」

「しかし、ホーは病気が悪化して死んだんでしょう」

「悪化した原因は人為的なものだったのかもしれません。警察としては無視できませんよ」

ここで古手川は普段の押しの強さを発揮した。

「非協力的にされると、疑わなくていいものまで疑ってしまいます」

「俺の立場で会社を悪く言うのは」

「さっきから事情聴取を続けてますけど、ここは相当にブラックな会社みたいですね。一つや二つ会社に不利な証言をしたとしても、出処《でどころ》があなただとは特定できませんよ」

「ニュースソースは秘密にしてくれるんですよね」

「捜査に協力してくれる人を無下には扱いませんよ」

やがて船堀は短く嘆息する。それが承諾の合図だった。

「ここでは技能実習生の国籍で労働条件に格差があるというのは本当ですか」

「否定はしません。会社側が狙ってやっている側面もあるんで」

「狙うって何をですか」

「言うなれば小規模な民族対立ですかね。経営陣の誰かから聞いた訳じゃないけど、外国人同士の対立を煽《あお》ってやれば競争心から作業効率が上がるだろうって」

「そんなことを本気で考えてるんですか」

「だから、直接聞いた訳じゃないんですったら。ただ、会社のやり方を見ているとそうとしか思えない。歩留まりを数字にして貼り出しているし、成績のよかった工区には給料を上積みするとか。それだって千円二千円の世界ですけどね。出身国のレートによったら千円二千円の違いが大きくなる実習生もいるし」

「実際に技能実習生たちの間で確執があったみたいですね。それでホーさんが中国人実習生から目の敵《かたき》にされてたとか」

「それも否定しません。元々、中国本土の人件費が上がっていて日本に出稼ぎにくるメリットがなくなっているから、会社も中国人枠を小さくしようとしているんですよ。でも技能実習生として来ているヤツらの中には、本土でまともな職に就けなかったのもいる。そういうヤツらにとってここの労働条件の格差がムカつくのも無理ないですよ」

「ホーさんが倒れた当日、中国人実習生たちが彼を取り囲んでいたらしいですね」

「それは俺も知りません。でも、有り得ない話じゃないですよ」

古手川がこちらに顔を向けた。次の聴取先が決まったという顔だった。

異国の地に来て母国や母国語が恋しくなるのは当然なのか、それとも会社の目論見に乗せられているのか、やはり三区の中国人実習生もひと固まりになって休憩を取っていた。

グエンによれば中国語に堪能な日本人はおらず、また日本語が堪能な中国人実習生もいないという。ただ日常会話程度ならどの実習生もこなすというので、古手川は通訳なしの事情聴取を試みようとしている。

「七月六日、ホーという技能実習生が作業棟の外で倒れた。その朝、あなたたちの誰かが彼を取り囲んだのを目撃した者がいる」

ホーの名前を出した途端、何人かの中国人が露骨に顔を顰めてみせた。

「あんたたち、ホーを取り囲んで何をしていた」

皆が黙りこくっているので、古手川はその中でも一番背が高く腕力が強そうな男に近づいていく。どうして選《よ》りに選ってそんな人選をするのかと思ったが、説明を求める間もなかった。

「お国の人民警察は厳しいか。民主警察じゃないから時々手荒になるそうだな。しかし日本警察もそんなに紳士的じゃない。たった一人を取り囲んで恫喝《どうかつ》するようなヤツらは特にだ」

日本語に堪能ではなくても、古手川が剣呑《けんのん》な言葉を発しているのは分かるらしい。中国人たちは一様に怯えている様子だった。

「さあ、話してくれないか。いったい誰と誰がホーを脅した」

「脅シテイマセン」

詰め寄られた長身の中国人がそう答えた。

「一人に対して数人が取り囲むような真似をしたら脅したことになるんだ。そんなにホーが目障りだったのか」

「ワタシタチ、交渉シヨウトシタ」

「何の交渉だ」

「アマリ、頑張ルナ」

中国人たちは同意するように、それぞれ頷いてみせる。

「ホータチガ頑張ルト、ワタシタチノ場所ガナクナル。ソレデ、ホータチガモラエルノハ金額少シダケ。誰モ幸セニナラナイ。ダカラ頑張ルナト言ッタ」

「警告しただけか。手や足を出していないか」

「ソンナコトハシナイ」

職場で聴取できるのはこれが限界らしかった。古手川は全員の顔を見渡した後、「また来る」と残してその場を去る。傍観者よろしく立っていた真琴もすぐその後を追う。

「質問しても?」

「どうぞ」

「どうして選りに選って一番手強そうな相手に向かっていったんですか」

「最初にボスを叩く」

「何ですか、それは」

「あの集団のボスだと思ったからだよ。ボスの前では皆、口が固くなる。最初にボスを叩いておけば、大抵の人間は抵抗する気が削がれる」

「呆れた。それって不良の論理みたい」

「会得《えとく》したのはそういう時期だったから、まあ当たらずとも遠からず。でもさ、不良少年だろうがいい大人だろうが、これって結構有効な手段なんだぜ」

言われて我が身に置き換えてみる。浦和医大が脅威に晒された時、果たして自分はどこまで抵抗できるだろう。抵抗できると断言できるのは、自分の背後にキャシーや光崎の存在があるからだ。仮に光崎が屈服してしまった場合、おそらく真琴も抗しきれない。悔しいかな、古手川の理屈は間違っていない。

腹が立ったので、脇腹を拳で小突いてやった。

「痛《い》て。いきなり何するんだよ、真琴先生」

「暴力慣れしている刑事さんなら、このくらい何ともないでしょ」

ひと通りの聴取が終わったので保健室に戻ると、膳場医師が二人を待ち構えていた。

「あの後、会社から指示が下りました。早急にホーを火葬にしろという内容です。休憩室の不法占拠の不許可、ならびに感染症発生の防止。理由としては非常に真っ当なものです」

古手川は真琴と顔を見合わせてから、膳場医師に迫る。

「しかし膳場先生、その費用はどうするんですか。やはり〈クマダ鋳物〉が負担するんですか」

「ホー自身に払わせるそうです」

「彼にそんな貯えがあったんですか」

「技能実習生が死亡した場合、ＪＩＴＣＯから死亡弔慰金が支給されます。その中から火葬と空輸の費用を差し引くそうです」

あまりの扱いに二人とも声を失う。

ひどい会社だと罵りたい気分だったが、差し当たっては別の懸念がある。ホーの死体が間もなく荼毘に付されるという直近の問題だ。

膳場先生、と古手川が詰め寄る。

「何とか火葬を遅らせてください」

「そうは言っても」

「何とか司法解剖に回せるように段取りします。名刺置いておきますから、いよいよとなったら連絡してください」

　言うが早いか、古手川は保健室を飛び出す。真琴は引き摺《ず》られるように後を追うしかない。

「古手川さん、いったいどうするんですか。あんな大見得《おおみえ》切って」

「あの場合はああでも言わないと膳場先生を説得できなかった」

「じゃあ、またいつもの悪い癖が」

「何が悪い癖だよ。これでも計算はしている」

　古手川はクルマまで歩きながら話し続ける。

「真琴先生なら新法解剖を知っているだろ」

　新法解剖は二〇一三年から施行された新たな形式の解剖だ。正式には「警察等が取り扱う死体の死因又は身元の調査等に関する法律」に基づき、行政解剖にも承諾解剖にも回せない死体、つまり遺族の承諾が得られなくても警察署長の権限で解剖を行えるのだ。

「でも古手川さん。新法解剖には今回の場合、川口警察署長の承諾が必要になるんですよ」

　それでも古手川は一向に怯《ひる》む様子がない。

「何とかするさ。とにかくあの会社は胡散《うさん》臭い。火葬を急がせようとしているのも、別に理由があるんじゃないのかと勘繰《かんぐ》りたくなる」

　本人は弁明しているつもりだろうが、全く論理的ではない。またこの猪突猛進に付き合う羽目になるのかと嘆息しながら、真琴はクルマの助手席に滑り込む。

3

川口署に到着した古手川は真琴を引き摺るようにして刑事課に赴く。刑事課を仕切っている課長は須田《すだ》という男で、古手川から〈クマダ鋳物〉の話を聞くなり露骨に顔を顰めた。

「そんな話をするためにわざわざ会いにきたのか」

「そんな話って」

「あそこがブラックじみた会社で度々問題を起こしているのは、君に言われなくても承知している。しかし、だからと言って技能実習生同士の殺人が起きたというのはいかにも穿《うが》った見方だぞ」

「しかし、現にホーというベトナム人が死んでいるんですよ」

「しかし病院側の作成した死亡診断書に疑問点は見当たらなかったんだろう。君の話を聞く限り、死体を検案しても明らかな異常は発見できなかったというじゃないか。いったい何を疑えというんだ」

「いや、でもですね」

「死体を検案したのはそちらにいる助教さんですよね」

いきなり話を振られ、真琴は慌てて姿勢を正す。

「ホーの死体に死亡診断書と大きく異なる点がありましたか」

あったかと問われればなかったと答えるしかない。

「法医学教室の助教さんでも異常が見当たらなかったのなら、どうして事件性を考えるんですか」

「体表面や死亡診断書だけで死因を特定することは危険です」

「言い換えれば、死亡診断書を作成した医師をまるで信用していないことになる。光崎先生の薫《くん》陶《とう》を受けると、皆そうなってしまうのかな」

須田は明らかに皮肉のつもりなのだろうが、必ずしも間違いとは言い切れないところが辛い。他の医師を見下すつもりは毛頭ないが、あの術式の見事さと知見を前にすると医療技術を判断する基準が跳ね上がってしまうのは仕方のないことだった。

「埼玉県警に籍を置いている警察官なら誰でも光崎先生の高名と実績は知っている。しかし同じ法医学教室の助教だからといって、あなたの勘や経験値だけで事件の疑いがあると言われてもねえ」

この言葉には、さすがにプライドが傷ついた。

己の至らなさも光崎の偉大さも身に沁みて知っている。自分のプライドなど取るに足らないものであるのも知っている。だが、初対面の人間に面と向かって言われればやはり堪《こた》える。

すると、お言葉ですがと古手川が前に出てきた。

「まこ……栂野先生が検視して異状死と判明した事案も少なくありません。彼女の勘と経験値は俺が保証してもいいです」

「しかしなあ。君の拾ってきた証言で唯一それらしいのは、ホーが当日中国人たちに囲まれていたという事実だけだ。その助教さんの経験値がどれくらいのものかは知らんが、搬送先の病院ではCT検査で肝臓がんと腹腔内出血が認められ、また工場関係者の目撃証言でもホーが倒れた際の状況は肝臓がんの破裂と考えて妥当と思える。いったいその助教さんの見立てはCT検査よりも緻密《ちみつ》で正確だというのか」

須田は畳《たた》み掛けるように言う。まるで己の未熟さを責められているようで、真琴はひどく恐縮する。

それでも言わなければならない。

「確かにCT検査は有効です。解剖しなくても死因が判明することもあります。しかし中にはCTにも映らない病巣が存在することもあり、解剖してみなければ確実なことは言えません。それに執刀するのはわたしではなく光崎教授です」

これは自分のことではないので胸を張って言える。

「光崎教授の目と腕はCTを凌駕《りょうが》すると断言できます」

見ていた古手川が「よっ」と囃《はや》して手を叩いた。

だが須田の方は一層胡散臭げにするだけだった。

「しかし誰が執刀しようと新法解剖の費用は県警本部が負担することになる。もし解剖して結果が空振りだった場合、誰が費用の責任を取ってくれるのかね」

真琴は返事に窮する。解剖の予算執行について真琴は部外者なので何も言えない。古手川も同様だ。捜査畑であっても経理畑ではなく、県警で予算執行を担当しているわけでもない。費用について突っ込まれたら返す言葉もないだろう。

　先立つものはカネという最も卑近な現実に溜息が出そうになる。全ての死体を解剖するという理想も、予算不足という現実の前では画餅《がべい》に帰す。

「それに、これは大きな声じゃ言えないが所詮《しょせん》は外国人同士のいざこざだ。百歩譲ってホーの死がただの病死でなかったとしても、外国人の無念を晴らし外国人の犯罪を暴くために、県警本部が予算と手間をかけることになる。それが損とまでは言わないが、日本国民の生命と財産を護るのを優先にしたいじゃないか」

　同意を求めるように古手川の顔を覗き込んでくる。

　真琴は傷ついたプライドのことなど一瞬で忘れた。何という言い草かと思う。須田の言説はれっきとした人種差別だ。いくら予算や国籍の問題があったとしても、到底肯《うべな》えるものではない。

　そしてまた真琴は古手川の気性を承知している。直情径行《ちょくじょうけいこう》で、老獪《ろうかい》さはないが虐《しいた》げられた者の痛みを知っている男だ。人を肌の色や言葉の違いで隔てない男だ。

　案の定、古手川は顔色を変えた。今まで見たことのない危険な顔だった。危ないと思ったのは須田も同じだったらしく、古手川の正面でわずかに身構えたようだった。

「何か言いたいことがあるのか」

　内心で挑発するのはやめてくれと叫ぶ。そのひと言が導火線に火を点ける行為だと何故気づかない。

解剖の件だけでも揉めているのに、これ以上問題を増やさないでくれ。

古手川がついと前に進み出る。真琴は反射的に彼のジャケットの裾《すそ》を摑んだ。

ところが古手川は予想外の行動に出た。須田を正面に見据えたかと思うと、両手を後ろに回したのだ。

「責任は県警本部で取ってもいいです」

「ほう。それならこちらは問題ない」

何を言い出した。そんなことを一存で決められる立場ではないのに。

「須田課長。十年以上前、愛知県で起きた新弟子リンチ死事件を憶えてますか」

いきなりの話に混乱したが、須田の方は冷静だった。

「もちろんだ。時津風《ときつかぜ》部屋で稽古《けいこ》中の新弟子が兄弟子から暴行を受けて死んだ事件だろう。大きく報道されたから警察官でなくても憶えている」

「当初、新弟子を救急車で搬送した消防本部が巡業先を管轄する署に不審死の疑いがあると連絡していたのに、病院の医師が急性心不全と診断したものだから署は虚血性心疾患と発表した。ところが両親が死因を不審に思って新潟大医学部で承諾解剖を依頼したら、身体中に暴行された痕跡が見つかった。事態は急展開、愛知県警が事情聴取して親方以下兄弟子たちは集団暴行の容疑を認めた。結局、裁判所は暴行に加担した兄弟子たちを執行猶予付きの有罪判決、親方には懲役五年の実刑判決を下しました」

「ごちゃごちゃ説明しなくても……」

「以上は加害者の顚末です。だけど最初に消防本部から連絡を受けながら虚血性心疾患で事件性なしと判断した所轄署も無傷じゃ済まなかった。世間とマスコミの非難を浴び、事件担当者の何人かが処分を受けたと聞いています」

　ここに至って、傍《かたわ》らで聞いていた真琴にも古手川の言わんとしている内容が理解できた。

「……ホーの事件が時津風部屋の事件と同じだと言うつもりか」

「県警が新法解剖を行って何かが発見された場合、単なる病死として処理した川口署に似たような非難が寄せられなきゃいいいんですけどね」

「脅しか」

「まさか。忠告ですよ」

「古手川くんといったな。君の上司は誰だ。再教育が必要だとこっちが忠告してやる」

「渡瀬警部っス」

　須田は不味《まず》いものを舌に載せたような顔をする。どうやら川口署にも古手川の上司の悪評が轟《とどろ》いているようだった。

「君が来たのも渡瀬警部の差し金か」

「人使いの荒い上司でしてね」

　須田は古手川の顔を見るのも不愉快とばかりに、真琴へと向き直る。

「栂野先生だったな。ホーの死因には本当に不審な点があるのか。新法解剖すれば本当に新証拠が見つかるのか」

追い詰められたような格好になるが、己の発する言葉はとうに決まっている。

「仮にわたしの見立てが間違っていたとしても、川口署の判断が正しかったことの証明になります。それだけでも新法解剖一体分以上の価値があるんじゃないでしょうか」

横で聞いていた古手川はしてやったりという表情だ。

人の気も知らないで。

しばらく須田はその場で逡巡している様子だった。古手川と真琴の要求をそのまま呑むのは業《ごう》腹《はら》だが、もしもの場合に川口署ならびに己がこうむるデメリットを秤にかけているのだろう。

「即答はできない」

ようやく搾《しぼ》り出した言葉がそれだった。

「どのみち新法解剖の可否は署長権限だ。わたしが答えることじゃない」

今から署長に上申してみる——そう言い残して須田が立ち去ると、古手川は「やるじゃないか、真琴先生」と話し掛けてきた。

「何、ドヤ顔してるんですか古手川さん。もう、開いた口が塞《ふさ》がらない」

「開いた口が塞がらないのは権限もないのに本部での新法解剖を持ち出したことかい。それとも過去の事件を持ち出して須田課長を脅迫したことかい」

「両方です。いったいどんな性格してたら、あんなことが口にできるんですか」

「性格じゃないな。そんなの、真琴先生だって知ってるだろう」

古手川は分かり切ったことを言うなという口ぶりだ。

「こういう交渉術は実は班長の十八番《おはこ》なんだよ。至近距離で見ているうちに身に着いた。それこそ真琴先生が光崎先生に師事するうちにふてぶてしくなったのと同じだよ」

「ふてぶてしいって」

「だって所轄署の刑事課長相手に一歩も退かなかったんだぜ。光崎教授の目と腕はCTを凌駕しますって。あの雄々《おお》しい姿、インスタに上げたいくらいだった」

殴ってやろうかと思った。

「〈クマダ鋳物〉で中国人の技能実習生に事情聴取した時、最初にボスを叩いておくと言ったでしょ」

「ああ、言ったな」

「どうして今回は刑事課長なんですか。川口署のボスといえば署長じゃないですか。それに署長に直談判した方が話が早いと思うけど」

「この場合、署長への直談判は却って逆効果なんだよ」

古手川は得々と説明する。まるで暴力自慢の不良のようだ。

「何しろこっちはヒラの刑事だし、向こうには分厚い面子《メンツ》がある。あれしきの脅しじゃ絶対に屈しない。でも中間管理職なら保身が付き纏っているから、必ず自分に非難の矢が飛んでこないように画策する。署長の方だって刑事課長から上申されれば前向きに考えない訳にいかない」

「変な方向で理路整然としていますす。古手川さん、昔からそんな風に振る舞ってたんですか」

「いや、今のは全部班長からの受け売り。あの人、自分の捜査方針を押し通す時、しょっちゅうこの手を使うんだよな」

三十分ほど経過した頃、古手川の懐《ふところ》から着信音が流れてきた。発信者の名前を確認した古手川は腰を浮かしかける。

「はい、古手」

『そんなところで何をしている』

電話越しでもはっきりと聞こえる濁声《だみごえ》。噂《うわさ》をすれば影とやら、声の主は間違いなく渡瀬だった。

「えっと、川口署に赴いて新法解剖の提案を」

『今しがたそっちの署長から県警本部に苦情が入った。県警捜一の若造がいきなりやって来て刑事課長を脅しにかかったってな。手前《てめ》ェいつからそんなに偉くなった。所轄の課長脅すなんざ百年早いぞ』

百年経てば脅してもいいのか。

『確たる物的証拠もないのにすぐ解剖させようとしてると疑問を呈《てい》された。可能な限り解剖に回そうとしているのは間違っちゃいないが、相手を説得する材料を持っていないのが致命的だ。恐喝するにも相手が嫌がるような証拠を手にするのが前提だろうが。何一つ材料を持たずに脅すのは街のチンピラ以下だ』

須田課長を脅したこと自体は責めていない。いったい渡瀬という男は古手川にどんな教育をしているのだろう。

『責任は取れるのか』

電話越しだというのに威圧感が半端ではない。光崎の威圧感も相当なものだが、渡瀬のそれよりはいくぶん上品に思える。

古手川は顔の強張《こわば》りを一層強くし、いったん呼吸を整えた。

「責任、取ります。俺のできる範囲で」

『自信がある口ぶりだな。根拠は何だ』

「勘です」

どうしてこの局面で突っ込まれるのが確実な返答をしてしまうのか。内心で頭を抱えたが、渡瀬は意外な反応を示した。

『そっちの署長には新法解剖を承諾してもらった』

「ありがとうございます」

『ずいぶん無理を聞いてもらった』

「すいません、本部に迷惑かけちまって」

『気にするな。解剖結果が空振りだったら、お前が給料からその費用を肩代わりすりゃいい』

「そんな」

『何がそんなだ。お前のできる範囲の責任といったら精々それくらいだろう。手前ェのカネでケリがつくんだから有難く思え』

途端に古手川は罰を命じられた中学生のような顔をする。

『そこに例の助教さんはいるのか』

「隣で笑ってますけど」

『代われ』

古手川がぎょっとしたようだが、驚いたのは真琴も同様だった。恐る恐る古手川からスマートフォンを受け取り、耳に当てる。

「代わりました。栂野です」

『ウチの単細胞が迷惑をかけているそうだな』

不意に渡瀬は声を低くした。古手川には聞かせたくないらしい。

「いえ」

『そんな単細胞でも、手前ェで責任取ると大見得切りやがったんだ。単細胞なりに覚悟を決めてるようだからよろしく頼む』

「具体的にどうしたらいいんですか」

『首輪つけて変な方向に走らせないようにしてくれ。言っとくが振り回されたり、自分も同じ方向に突っ走ったりするんじゃないぞ』

電話はそれきり切れた。

「なあ。班長、何を言ったんだよ」

「古手川さんの暴走を監視してくれって」

端折《はしょ》った言い方だが間違ってはいないはずだ。だが古手川は疑り深そうに真琴を見る。

「何ですか」

「いや。真琴先生が俺のブレーキ役になれるかどうか不安でさ」

「古手川さんはわたしをどんな女だと思っているんですか」

口にしてから大いに焦った。話の流れとはいえ、何ということを問い質《ただ》してしまったのか。

しかし古手川の返事はあっけらかんとしたものだった。

「アクセル踏んでる俺の足を、上から更に踏みつけるタイプかな」

やがて須田が仏頂面で戻ってきた。既に渡瀬から結果を聞いているので一安心なのだが、顔色を見ている限りではとても承諾されたようには思えない。下手をすれば古手川に殴りかかるようにしか見えない。

「署長が新法解剖を許可した」

「あ。どうも」

芝居でもいいからもっと有難がればいいものを、渡瀬の尽力だと知っているから感謝の色が欠片《かけら》も見えない。

「君と助教さんの熱意を伝えると、やっと署長が折れてくれた」

いかにも自分が熱弁を振るったとばかりの言い草に苦笑したくなる。しかしここで笑ったのでは全てが無駄になるので、真琴は必死に堪《こら》える。

「それは重ね重ねどうも」

「前代未聞の申し出でもある。それで署長からは条件提示がされている」

「費用は本部持ちだって言うんでしょ」

須田は目を剝いた。

「我がままな要求だってのは承知してますんで、それくらいは覚悟してますよ」

「そうか」

ついでに解剖費用は古手川の給料から差し引かれることまで決まっていると告げれば、果たして須田はどんな顔になるのかと想像してみる。

「じゃあ、俺たちは死体を受け取ってきます」

古手川は須田が何か言いたそうにしているのを無視して踵《きびす》を返す。真琴は慌てて一礼すると、すぐに古手川の後を追い掛けた。まるで不肖《ふしょう》の息子を持った母親のような気分だった。

「いいんですか、あんな態度で」

「何が」

「一応は新法解剖を署長に認めてもらうために骨を折ってくれたんだから。もうちょっと感謝したふりしないと」

「あれで充分だと思ったんだけどな」

古手川は少しも悪びれた様子がない。

「あのさ、社交辞令やその場の勢いとかで軽々しく頭下げない方がいいんだよ」

「え」

「俺の頭なんて大層なものじゃないけど、それでも本当に申し訳なかったりお礼が言いたかったりした時に下げる頭は大事にしておきたいんだよ」

「何、その屁理屈」

「うん。最初は俺もそう思ってたんだけどさ。色んな事件で色んな関係者と話すうちに、そういうのはありだと思ってきたんだ」

「まさかそれって」

「ああ。ぱっと見、人を殴ることしか考えていないような凶悪な顔している上司から学んだ」

前を歩く背中を見ながら少し不安になる。優秀な先輩を見習い、己の指針にするのは悪いことではない。現に真琴も光崎を目標にしている。一方、古手川があの渡瀬のように強面《こわもて》で唯我独尊、社交辞令クソ食らえの見本のようになってしまうのも困りものではないか。

唐突に思い出した。

真琴の指針である光崎自身が唯我独尊と社交辞令クソ食らえの化身ではないか。


古手川と真琴はいったん県警本部に戻り、搬送車に乗り換えて〈クマダ鋳物〉へ赴いた。ところがホーの死体が安置されている休憩室の前では数人の作業員による小競り合いが繰り広げられていた。

「お前らいい加減にしろって。休憩室はベトナム人の専用じゃねえっ」

「分カリマス、分カリマス。ゴメンナサイ」

見れば、防戦している者の中にはグエンの姿も認められる。休憩室を引き渡せと捻《ね》じ込んでいるのは、別の技能実習生と日本人だ。

「工場の中で涼しいのは唯一ここだけなんだ。せめて時間制で使用させろよ」

「駄目デス。ワタシタチガ見テイナイトホーノ死体、カタヅケラレマス」

「連日の猛暑日だって知っててやってんのかゴラアッ。こっちゃあ朝から晩まで暑くて死にそうなんだ。それなのに冷房効いている休憩室を独り占めしやがって。どうせ死体を置いているのも、俺たちを中に入れないための嫌がらせなんだろ」

「違イマス」

「一刻も早く死体を休憩室から出せ。部屋に死体の臭いが滲《し》み込んだらどうするつもりだ」

「ゴメンナサイ、ゴメンナサイ」

「お前ら技能実習生はいっつもそうだ。謝りゃ済む問題じゃねえんだよっ。さっさとそこ退《ど》けっ。退けったら退けえっ」

数メートル離れたところからでも一触即発の状況であると分かる。これでは休憩室に入るどころかドアに近寄るのも不可能だと真琴は判断したのに、古手川ときたらいささかも臆する素振りを見せず彼らの方に近づいていく。

「全員、動くな。埼玉県警だ」

怒鳴り声とともに一同は動くのを止めた。騒いでいる連中の多くは古手川の顔を憶えていたらしいが、それでなくても警察の二文字は騒ぎを収束させるには一番効果的なのだろう。

「ほいほい、退《の》いた退いた」

古手川は人ごみを掻き分けてドアの前まで進む。グエンともう一人のベトナム人が尚《なお》も立ち塞がる。

「中に入れてください。今からホーの死体を運び出します」

グエンの表情に警戒が走る。

「ホーノ死体、焼クノデスネ」

「違います。解剖、身体を調べて、本当の死因は、何だったのかを、明らかにするんです。解剖した後は、ちゃんと腹を閉じ、全体をきれいにして返します。それから故郷に送って、土に葬ればいい。飛行機で運ぶ費用は、ＪＩＴＣＯから支給される、死亡弔慰金から、出せるでしょう」

古手川が丁寧に言葉を区切って説明すると、次第にグエンの警戒色が薄まっていく。

「ソレハ本当デスカ」

「本当です。因みに執刀を、担当するチームには、あの女性も、参加します」

いきなり紹介され、真琴はあたふたとお辞儀をする。

二人を代わる代わる見ていたグエンはやがてもう一人のベトナム人と目線を交わし、ドアの前から退いた。

「捜査のご協力に感謝します」

古手川と二人で休憩室に入る。外部とは打って変わってひやりとした冷気が漂っているが、真琴が察知したのは室温だけではない。

ホーの死体は明らかに腐敗が進んでいた。すでにドライアイスも粒状になり、死体を保護しているのはエアコンの冷気だけとなっている。素人の死体保存はそれが限界だった。

ストレッチャーに死体を乗せ、大急ぎで搬送車の中に収める。ベトナム人の技能実習生が手伝ってくれたのでこの作業は短時間で済んだが、真琴は注意勧告を忘れなかった。

「死体に触れた人、極度に接近した人は一人残らず保健室で検査してください。感染症の疑いがゼロではありません」

技能実習生が各々《おのおの》頷いてみせるのを確認してから、真琴は搬送車を出してくれと古手川に伝えた。

走り出してから古手川が話し掛けてきた。

「細かい指示をしてたな」

「解剖するまでは本当の死因が分からない。万が一にも死体から感染したら申し訳ないと思って」

「律儀だねえ」

そっくり言葉を返そうと思ったが、増長したら面倒だと思っておいた。

4

法医学教室に戻るとキャシーが待ち構えていた。事前に連絡をしておいたので光崎のスケジュールも押さえてある。

「新法解剖とはグッド・アイデアです」

開口一番、キャシーは古手川の思いつきを称賛した。

「祖国を離れたガイジン。しかも検視では事件性が問えない案件は少なくありません。埼玉県内でもそうしたケースが増えつつあったので、ワタシもどうしようと思案していたところです。この案件が問題の突破口になってくれれば今後の展望に期待できます」

大風呂敷を広げるキャシーに対して真琴はいくぶん及び腰になる。将来展望も悪くないが、この解剖が空振りに終われば新法解剖は大した成果なしと喧伝《けんでん》されるだけでなく、古手川の給料が大打撃を食らうことになる。本人から給料の額を聞いたことはないが、着ているものを見ればおおよその察しはつく。解剖費用を負担すれば食費にも事欠く有様ではないのか。

ふと背後を見れば、心なしか古手川も憂鬱《ゆううつ》そうな顔をしている。そして、二人の様子に気づかないキャシーではなかった。

「どうかしましたか、二人とも。この記念すべき門出の日に浮かない顔をして」

真琴が仕方なく、解剖が空振りに終わった場合は古手川が費用を負担する旨を説明する。するとキャシーは理解できないという顔をした。

「どこに問題があるのですか」

「ひどいなキャシー先生。ヒラ刑事の給料知っててそんなことを言うんですか。俺、さっきから貯金の残高、必死に思い出そうとしてるんですよ」

「Ｏｈ！　そんなことでしたか」

「そんなことって」

「とてもシンプルな問題です。古手川刑事が真琴の部屋に転がり込めば解決する話ではありませんか。ワタシは、逆に古手川刑事がそれを狙っているのではないかと考えていたのですが」

とりあえずキャシーの口を塞ぎ、ホーの死体を解剖室まで運ぶ。

キャシーと二人で準備を整えてから数分後、頃合いを見計らったように光崎が姿を現した。普段は小柄で、歩き方は鈍重《どんじゅう》ですらあるのに、解剖着を着た瞬間にこの男は別人のように変わる。颯爽《さっそう》と歩き、動作の一つ一つが正確なマシンのようで見ているだけで飽きない。

「外表検査」

光崎は死体の頭部から胸部、胸部から腰部へと視線を走らせていく。他方、カメラを持つキャシーは光崎の視線を追うようにしてそれぞれの部位を撮影する。

「ふむ」

光崎の観察眼をもってしても体表面に異状は見当たらないらしい。次に光崎は真琴の手を借りて死体を裏返す。しかし背面にも擦過傷や打撲傷《だぼくしょう》の類いは一つも見当たらない。

「では始める。死体は二十代男性。外傷はなく、死亡診断書によれば死因は肝臓がんの破裂による腹腔内出血。メス」

例によって光崎のメスが死体にY字を描く。既に死後数日が経過しており、死体を開いた瞬間に音を立てて異臭が噴出する。マスクをしていてもわずかに臭う。まともに食らえばあまりの刺激臭に目と鼻がやられるのではないか。

胸部から左右に開き肋骨を切除すると患部が明らかになった。腹腔内では大量の血液が血溜《ちだ》まりを作っている。光崎の手が見る間に肝臓を切除する。プレートに置かれた肝臓は健康なそれとは表面も色も異なっていた。

肝臓がんは自覚症状の出にくい疾患だが、肝臓本体は進行とともに外表が変化する。表面に突起が出現し、まるでワニの皮膚に似た形状になるのだ。色も本来の暗褐色《あんかつしょく》から白っぽい紫色《むらさきいろ》に変わり、素人目にも病巣と分かる。

今、光崎が目にしているのはまさしくそういう状態の肝臓だった。ホーが肝臓がんであったことも立証された訳だ。

不安と恐怖が真琴を襲う。

空振りだ。

経験値だの勘だのと古手川とありもしない妄想をでっち上げ、事を大がかりにしてしまった。川口署と〈クマダ鋳物〉を騒がせ、背負わなくてもいい責任を県警と古手川に負わせてしまった。新法解剖を強行させた渡瀬の面目も丸潰れだ。

真琴と古手川の暴走が今度こそ裏目に出た。古手川の弁ではないが、二人ともブレーキよりはアクセル担当だ。いつかは暴走の果てに激突すると危ぶんでいたが、とうとう現実になってしまった格好だった。

真琴の位置からは、血塗れであるのが災いしてか肝臓の表面に破裂した痕跡が見当たらない。だが破裂しているに決まっている。

光崎は真琴の絶望などお構いなしで執刀を続ける。

「腹部の皮膚を剝離する」

光崎のメスが既に開いている皮膚の一部、ちょうど肝臓を覆っていた部分の皮膚を剝離する。

「ふん」

まるで予想していたかのように鼻を鳴らす。予想していなかった真琴は、剝離した部分を見て声が出そうになった。

皮下には点状の出血が多数存在していたのだ。皮膚の表面に変色はないのに皮下には異状あり。これは真琴も過去に多く見掛けた症例だった。腹部は柔らかく、相当に強い外圧が加わっても、皮下は点状出血に留まってしまう。

光崎の手が再度死体内部をまさぐる。肝臓の次に露わにしたのは脾臓《ひぞう》周辺だ。ライトが照らす下、脾臓と腸間膜に挫滅《ざめつ》が確認できた。腹部への外傷でしか発生しない症状だった。

脾臓が摘出されると、その一部が破裂し内容物が漏出《ろうしゅつ》しているのが分かった。

「自然に破裂したものではない。外部からの圧力によって潰れたのだ」

よく見れば皮下の点状出血は全体で丸みを帯びた形を形成している。これは圧力を加えた物質の痕と思えた。

ホーが肝臓がんを患《わずら》っていたのは事実だった。

しかし死因は病死ではなかった。腹部打撲による脾臓破裂だったのだ。

「内臓破裂は打撲となった現場を目撃されなければ心不全や心筋梗塞《しんきんこうそく》と判断されることがある。

憶えておくがいい」

光崎の言葉は明らかに自分に向けられたものだった。

真琴はこくこくと何度も頷いてみせた。

何者かの暴行による内臓破裂。〈クマダ鋳物〉の内部を覗き見た真琴には犯人が誰であるかも、容易に予想がつく。ホーが激痛に倒れる直前、彼を中国人技能実習生たちが取り囲んでいる光景が目撃されている。哀しい話だが、犯人は彼らの内の一人なのだろう。

ホーの死を看取った同僚の証言によれば、彼は死の間際に言葉を失っていたらしい。暴行された事実も、犯人の名前も告げずに逝《い》ってしまった。だが本来語られるはずだった言葉は、解剖を通して見事に再現されたのだ。


翌々日、真琴は古手川とともに〈クマダ鋳物〉を訪れていた。

解剖を終えたホーの遺体は即刻ベトナム人の同僚の元に返却され、会社が空輸の手続きを取ったらしい。死亡弔慰金から費用を差し引くにしても会社が迅速な行動を取ったのは、もちろん衛生上の問題、加えて技能実習生の間に燻《くすぶ》る悪感情を早急に払拭《ふっしょく》したいという狙いがあったからだろう。

待合室で二人と対峙している人物はひどく落ち着かない様子だった。自分がどうして呼び出されたのかを知らされていないせいかもしれない。

真琴は聞き役に徹することにしていた。真琴は死因究明、古手川は犯人追及。考えてみれば当たり前のことだが、最近は二人とも役割分担を自覚してきたような気がする。

「ホーさんの遺体は無事、祖国に送られたそうですね」

「ええ。会社としても厄介事《やっかいごと》の元凶が消えてひと安心でしょうね。もっともそれで全てが解決した訳じゃありませんけど」

「と言いますと」

「技能実習生を巡る問題は何も進展していないってことです。低賃金長時間労働は一向に改善される気配もなし、外国人同士の諍《いさか》いも解決していません」

「気の毒ですが、県警の捜査一課が解決できる問題じゃありませんね」

「分かってますよ、そんなことは。ただ安価な労働力が次から次へと流入してくる以上、会社は今の体制を変革しようなんて思わないでしょうね」

男の怒りは会社の姿勢に向けられたものなのか、それとも安価な労働力に向けられたものか、判然としなかった。

「解決していない問題はもう一つあるんですけどね」

「へえ、何ですか」

「ホーの死体を解剖した結果、死因は肝臓がんの破裂ではなく、外部からの圧力による脾臓破裂であることが判明しました」

「ええ、聞いています。昨日も今日も職場じゃその話でもちきりですよ」

「ホーさんの具合が悪くなったのは昼の休憩時でした。脾臓破裂で腹腔内で出血が発生する時間を考慮すると、原因となった暴行は就業時間内に起きた可能性が極めて高いんです」

「従業員の中に犯人がいるってことでしょ。今更驚きゃしませんよ。ベトナム人実習生と中国人実習生の間のいざこざは今に始まったことじゃない」

「〈クマダ鋳物〉では、各従業員のスケジュールはきっちり管理されているんですか」

「全員一律じゃなく、工区毎《ごと》ですね。各工区の責任者が把握しているはずだけど、責任者によってばらつきはあります。とにかく危険と隣り合わせの現場だから小休止も必要だし、それをいちいち記録したりはしていませんよ」

「二区の現場監督は伏本さんでしたね」

「二区は溶解炉の間近ですから、余計に小休止が多くて。危険・過酷・高温の３Ｋですよ」

「ホーの死体には腹部に殴打された痕がありました」

「え。身体には傷一つついてなかったんじゃないんですか」

「使用された物、殴打された部位によっては体表面に傷が残らないことがあります。ただし皮下にはきっちりと残ります。凶器の形状までもね」

古手川は懐から数枚の写真を取り出した。全てキャシーの撮影による皮下の拡大写真だった。

対面に座る人物は写真を見た瞬間、口を押さえた。

「どうかしましたか」

「……こういうものを見せるなら見せると、前もって教えてください。一般人が見慣れたものじゃないでしょうに」

「こりゃ失礼。しかし、俺たちもこの打撲痕の形状は見慣れないものでした。完全な球形でもなければ棒状でもない。とにかく思いつく限りの凶器を当てはめて考えたんですが、どれもこれも一致しない。それで昨日の終業後、こちらに伺いました」

相手が腰を浮かしかけた。

「そんな話、聞いてないですよ」

「当然ですよ、秘密でしたから。いや、もちろん社長の許可は取っていますよ。さて、この写真に写った打撲痕ですが、今は便利なものがありましてね」

古手川は更に一枚の紙片を取り出す。写真ではなく、歪んだ湯呑み茶碗のようなCG画像だった。

「残された凹凸《おうとつ》から物体の形状を解析しちまうんです。実はこの打撲痕、一回だけじゃなくて少なくとも三回、同じ場所にヒットしている。だから余計に全体像が解析しやすかったんです。で、これと同じ形状をした道具を求め、深夜の工場を隈《くま》なく捜索しました」

「無理だ」

相手は言下に言った。

「どんだけ工場が広いと思ってるんですか」

「確かに広かったです。ただこっちも本部と所轄合わせて二十人の捜索隊だったんで、そんなに苦労するとは思わなかったです。実際、目的のものは案外早くに発見できましたからね。それも二区から」

古手川のひと言で相手は顔色を変えた。

「一致したのは鋳込みという作業に使用する柄杓でした。溶けた鋳鉄を砂型に流し込む作業です。多くの従業員はクレーンで流し込むんですが、慣れた人の何人かはこういう柄杓を使っていると聞きました。で、このCG画像ですが、歪に変形していて独特のかたちをしている。だからあなたの物とすぐに特定できました。二区でもこの柄杓を使っているのはあなた一人だけだそうですね、船堀さん」

問われた船堀は正視に耐えられないように目を逸《そ》らす。

「どうして俺が」

「安価な労働力の件で憤懣《ふんまん》を溜めていたのは中国人実習生だけじゃない。二区でのベトナム人実習生が低賃金のまま歩留まりを上げていったので、その影響は日本人従業員にも及んだ」

真琴はかたかたという音を耳にした。それとなく音の方向を確かめると、机の下で船堀の足が床を鳴らしていた。

「現場責任者の伏本さんから聞きました。日本人従業員の就業時間を削減して、その分をベトナム人実習生に充てる計画が既に決定済みだそうじゃないですか。このままだと二区はベトナム人実習生に乗っ取られ、あなたを含めた日本人従業員は肩身と給料を縮めるだけだ。だから」

「殺す気なんてなかった」

船堀はぼそりと呟いた。

「腹が立ったのは本当でした。こいつらのために俺や他の日本人が割を食う……理不尽だと思った。だから作業中にホーとちょっとした言い争いになって、カッとして、手にしてた柄杓で数発腹を殴った。ホーが腹を抱えたんで我に返ってすぐに謝ったんです。本人も大したことないって言うからすっかり忘れていた。休憩時間にあいつが具合悪そうにしてた時も、まさかあの時に殴ったのが原因だなんて思いつきもしなかった」

「どうして黙っていたんですか」

「だって担ぎ込まれた病院じゃあ肝臓がんの破裂と診断されたんだ。無関係なら、わざわざ打ち明けるものじゃないって普通は考えますよ」

みっともない言い訳だと思ったが、尚も震える彼の足を見て少し考えを変えた。

みっともない言い訳だと自覚しているから震えているのだ。


翌日、古手川は晴れ晴れとした顔で法医学教室を訪れた。

「古手川さん。ひょっとして法医学教室を警官立寄所か何かと勘違いしてませんか」

「冷たいこと言うなよ。感謝は電話だけで済ませるなと教えられてるんだ」

古手川は県警での取り調べで船堀が全面自供した旨を伝えた。目撃証言では木陰に倒れ込んだホーに自ら近づいているので、自分の殴打が死因になったと考えなかったというのは本当らしかった。

それでも船堀を暴力に突き動かしたのはカネに纏《まつ》わる憎悪と排斥感情だ。当初、古手川や真琴が思い描いていた動機と何ら変わることなく、後味は決していいものではない。

「救いだったのは唯一、俺の給料が差し引かれずに済んだことかな」

古手川の性格を知らない者が聞けば眉を顰《ひそ》めるだろうが、幸か不幸か真琴はその毒舌が下手なジョークであるのを知っている。下手なジョークを無理して繰り出す理由も何となく承知している。

「それに今回も空振りだった。いくら船堀を調べても、ヤツが帝都テレビの公式ホームページに書き込んだ形跡は見つからなかった」

三　息子の声

1

　七月二十七日午後一時四十分、秩父《ちちぶ》署交通課交通捜査係の小山内《おさない》はワンボックスカーで現場に急行していた。通報を受けたのは今から十五分前、場所は秩父市山田《やまだ》の山間部、大棚山真福寺《おおだなさんしんぷくじ》に向かう山道で見通しのよくない急カーブとのことだった。

　件の山道に進入する。ナビシステムに表示される通り、現場までは果てしなく一本道が続く。小山内自身が何度も足を運んでいるので知っている。道路幅はぎりぎり四メートルだから、普通乗用車がすれ違うのに精いっぱいだ。後続の交通鑑識班もワンボックスカーに分乗しているので、対向車線にダンプが現れないのを祈るしかない。

　今年は連続猛暑日を更新しており、今日も市内の最高気温は37度を記録している。陽射《ひざ》しは高く、山奥だからといって涼を求めるのは無理だろう。小山内はアスファルトからの強烈な照り返しを覚悟した。

　左右に針葉樹林が鬱蒼《うっそう》と繁茂《はんも》し、その真ん中を一本道が延々と続いていく様は見る者に開放感をもたらす。だが一方、ここは市内でも有数の事故多発地帯でもある。

それほど急勾配でもなく直進が続くので、地元のライダーたちには峠攻めの恰好の場所だ。しかし時折ヘアピンカーブが出現し、道に慣れないドライバーやライダーがよく正面衝突や接触事故を起こすのだ。一応カーブミラーは設置してあるものの、ここ数年は一向に事故が絶えない。

通報者の話によれば事故内容は４００ｃｃのバイクの自損事故。道路脇に破損したバイクと男性一人の死体が転がっているらしい。怪我の状況について詳細は不明だが、「死体」と通報されるからには、傍目にも絶望的な状態であると推測される。

早くも犠牲者の状態を想像して小山内は憂鬱になる。交通課に配属されて四年になるが、扱った死亡事故は百まで数えてから憶えていない。記憶力の問題ではなく、努めて忘れるようにしている。柘榴《ざくろ》のようにぱっくりと割れた頭部、潰されて骨と肉片がミンチ状になった四肢、露出した内臓、アスファルトにぶち撒かれた血。現場にいた者しか知り得ることのできない光景と臭気、そして充満する死の空気。そんなものをいちいち憶えていては、心が病んでしまうと思ったからだ。

しばらく山道を上《のぼ》っていくと、やがて現場に到着した。通報通り道路脇にバイクと男性一人が横たわっている。傍らに不安顔で立っている郵便局員の男性が通報者だろう。クルマから降りて確認すると果たしてそうだった。聞けば近隣への配達途中で現場に出くわしたのだと言う。

別の捜査員が急いで横たわった男性に駆け寄る。そろそろ救急隊が到着するから治療なり延命措置は彼らに任せるべきだが、それまでは警察の仕事だ。

「駄目だよ」

被害者の容態を見ていた捜査員が首を振りながら戻ってきた。

「脈拍停止。瞳孔《どうこう》も完全に開いている。あれは蘇生も無理っぽいな」

小山内も被害者を一瞥《いちべつ》してみた。

被害者が被っていたヘルメットはフルフェイスではなく、出前のお兄ちゃんがしている半ヘルと呼ばれるハーフヘルメットだ。視界が広い代わりに安全性は極めて低い。横倒しになったバイクもひと目で改造車と分かる。元よりハーフヘルメットは125cc以下のバイクの安全規格で製造されているに過ぎない。ひとたび転倒事故を起こせば頭部側面に致命的な衝撃を受ける可能性が高く、そもそも顎紐だけで固定しているので、ちょっとした衝撃で外れるばかりか、運の悪い場合は耳が捥《も》げてしまう。フルフェイスのヘルメットであっても一度衝撃が加われば内部に亀裂が入り耐久性はなくなるというのに、ハーフヘルメットに至ってはただの帽子みたいなものだ。いっそノーヘルメットでいた方がまだマシではないかと思う時すらある。改造車に半ヘルという出で立ちだけで決めつけてはいけないが、この被害者も保全よりも見てくれを優先させた暴走族紛《まが》いのライダーなのだろう。本人には悪いが自業自得の誹《そし》りは免れない。

バイクがヘアピンカーブの屈曲部に横転しているのに対し、ライダーは十メートル先に投げ出されている。ハーフヘルメットは吹き飛び、右耳は皮一枚で辛《かろ》うじて繋がっている程度だ。

脆《もろ》いハーフヘルメットを失ってからも身体は遠心力と重力でアスファルトに叩きつけられる。脳挫傷《のうざしょう》、全身打撲。落下地点が草叢《くさむら》ならともかくアスファルトではどうしようもない。現に被害者の頭部は割れ、中から脳漿《のうしょう》がこぼれている。

それでもどんな奇跡が起きるかは神のみぞ知る。伸びた舌で窒息しないよう、セオリー通り横《おう》臥《が》姿勢にして救急車の到着を待つ。その間、小山内たちはセーフティコーンで車線を一時通行止めにし、事故発生の告知板をワンボックスカーの上に掲げる。更にステレオカメラを取り出し、道路状況を撮影する。交通捜査課勤務員がパトカーではなくワンボックスカーで臨場するのは、大小さまざまな捜査機材を携行する必要があるからだ。

コーンの設置を終えると、小山内は通報者である郵便局員からの事情聴取に移った。

「この上にお住まいの方に荷物をお届けする予定だったんですが、カーブに差し掛かるところでこんな風になっていて」

「他にクルマや人は見当たらなかったのですか」

「ええ、人っ子一人」

乾いた道路だから、急ブレーキをかけた際のタイヤ痕《こん》は克明に残る。ところが小山内の目で見る限り、古いタイヤ痕は無数にあるが、バイクの新しいブレーキ痕は認められない。

現場は例によってヘアピンカーブだ。倒れたバイクは下り坂を向いているので、素直に考えればスピードの出る下り坂でカーブを曲がり切れずにバイクは転倒、乗っていた本人は勢い余って前方に弾《はじ》き飛ばされたと見て大きな間違いはないだろう。

交通鑑識班の面々は道路を這《は》うようにしてアスファルトや歩道の残留物を探している。破損したバイクに別のクルマの塗装の破片が付着していないか、あるいは当該バイクとは別車種の部品が残存していないか——この暑さでアスファルトの上は40度以上になっているはずだ。まるで焼けた鉄板の上を這わされ、鑑識班全員は額から滝のような汗を流している。仕事といえばそれまでだが、見ているこちらまで汗を掻いてしまう。

捜査開始から五分後、坂の下から救急車がやってきた。そこから先もいつもと同じ風景だ。救急隊員が被害者の容態を確認し、担架で救急車の中に運び入れる。搬送先の病院を決め、到着まで必死に蘇生を試みる——だが、空《むな》しい努力になるだろうと小山内は予想する。蘇生施術の経験は乏しいが、これだけ場数を踏んでいれば蘇生する者とそうでない者の差は雰囲気で判別できるようになる。今回は十中八九後者だろう。

「被害者のズボンにあった所持品です」

鑑識班の一人から札入れとスマートフォンを受け取る。札入れは合成皮革の上からごてごてと金属を飾り立てた、中身よりも外見を重視したものだった。中には野口英世《のぐちひでよ》が四枚と小銭が少々。免許証で被害者の名前は水口琢郎《みずぐちたくろう》三十五歳と分かった。住所は秩父市山田、何とこの近くではないか。免許証を眺めていると、別の捜査員が「スマホに実家の連絡先が登録されていたので、家人に伝えておいたよ」と告げた。近くだからすぐに駆けつけてくるだろう。

地元なら当然この山道を生活道路として毎日のように使っているはずだ。それにも拘わらずカーブを曲がり切れなかったのは、やはり油断があったからに違いない。

慣れほど怖いものはないな——そんな風に思いながら捜査を続けていると、坂の下から軽トラックが上ってきた。近隣住人かと思ったが、セーフティコーンの前で停車したかと思うと中から初老の男が血相を変えて飛び出してきた。

祥　伝　社　文芸書★5月の最新刊

ヒポクラテスの悔恨

これから一人だけ誰かを殺す。
自然死にしか見えないかたちで――。

中山七里
Nakayama Shichiri

■長編ミステリー
■四六判
■定価1760円

斯界《しかい》の権威・光崎《みつざき》に宛てた犯行予告。
やがて浮かび上がる哀しき〝過《あやま》ち〟……。
悪意に潜む〝因縁〟とは!?

死者の声なき声を聞く法医学ミステリー
「ヒポクラテス」シリーズ　慟哭《どうこく》の第4弾!

978-4-396-63607-4

「琢郎っ」

担架に載せられ、救急車の中に半身を運び込まれた被害者に取りすがろうとする。やむなく小山内は背後から男を捕える。

「放してくれ」

「駄目ですよ、これから病院に緊急搬送するところなんですから」

「わたしの息子なんだ」

おそらくそんなことだろうと思った。

「お気持ちは察しますが堪えてください。お願いします」

事故現場に被害者家族が居合わせるのは珍しいことではない。可哀《かわい》そうだと思うものの、現場では障害にしかならない。

「とにかく落ち着いて。話を聞かせてもらえませんか」

宥《なだ》めている間に琢郎を乗せた救急車は坂を下りていく。サイレンが遠ざかっていくと、男はがっくりと肩を落とした。小山内としては、これで聴取しやすくなる。

男は水口仙彦《のりひこ》、琢郎は一人息子なのだという。

「アレは高校卒業の頃からバイクに乗っていましてて」

水口はまだ動揺が収まりきらない様子だったが、ぽつりぽつりと話し始めた。

「暴走族に入っていたとかではありません。一時はバイクから離れておったんですが、就職浪人になってからはまたハマったようでして……チューンナップですか、自分で色々改造して夜な夜なでかい音を立てて走っておりました」

「高校卒業からとなると結構な年数になりますね。運転は上手《うま》かったんですか」

「いや、わたしもバイクに詳しくはありませんが取り回しが多少上手くたって所詮は素人芸ですよ。自慢できるくらいに上手かったらオートレーサーで身を立てるとか言い出しかねんヤツだったが、それも口にせんかったから趣味の範囲でしょう」

琢郎の違反歴については照会済みだった。過去にスピード違反と違法改造が一度ずつ。改造車を乗り回しているにしては違反歴が少ない。

「三十を過ぎてからはすっかり正社員になるのを諦めて」

「お仕事は何もしなかったのですか」

「ふと思いついたようにスタンドとかでバイトをしておりましたが、それで生活費を入れる訳じゃなし、稼いだカネは全部バイクの整備やらガソリン代に消えよりました」

神妙な顔だが、口から洩れるのは愚痴だ。この場で息子への文句が出るのは普段から相当苦々しく思っていたのか、それとも水口家ではこうした接し方が普通だったのか。

「女房が身体を悪くしよって今は介護士さんの世話になっておるんです。わたしのところはイチゴ栽培で生計を立ててまして、女房がもうハウスや畑に行けんようになったんでせめて息子に手伝ってほしいんですが、アレは昔から土仕事を嫌いまして」

家業を嫌う長男坊というのはよくある話だ。殊《こと》にこの辺りは農家が少なくなく、似たような話はいくらでも転がっている。

水口からの聴取を遮《さえぎ》るように次の来訪者が現れた。一般車のワンボックスカーが坂を下ってきたのだが、セーフティコーンの前で停車したのだ。

後部ドアから出てきたのは車椅子に乗った婦人と、付き添いの男性だった。男性の方は制服を着用しており、入っているロゴで介護サービスの人間であるのが分かる。

「あんたっ」

車椅子の婦人はそう叫ぶと水口のいる方向に身体を伸ばす。自力で動けないのがひどく焦《じ》れったそうだ。

「今話していた、女房の益美《ますみ》ですわ」

「どういうことよ。さっき警察から連絡を受けたら琢郎が事故ったって」

「ああ、今病院に運ばれていった」

「運ばれたってあんた。どんな具合なのよ」

水口は助けを求めるようにこちらを見る。まさか脳漿が漏《も》れていたなどとは口にできず、かと言って下手な慰めもできない。

「我々が駆けつけた時には少なくとも意識がなかったですね。現在、救急隊員が蘇生させるべく尽力している最中です」

「あの、本当のことを教えてください。いったい琢郎の具合はどうなんでしょうか」

益美の視線はひどく熱っぽい。母親なら当然なのだろうが、既に蘇生の可能性がゼロに近いのを知っている小山内には重荷でしかない。

「わたしは救急医療に詳しくないので、無責任なことは言えないのです。申し訳ありません」

「そんな。現場に立ち会っているのだから琢郎がどんな有様だったかくらいは教えてください」

益美の目はますます熱を帯びる。当然だろうと思う。この世で息子の身を案じない母親など存在しない。だからこそ真実を告げられない状況が切なく、またもどかしい。同僚の中には事実を事実として伝えるだけだと明言する者もいるが、小山内はそこまで割り切れない。

逡巡していると、益美の車椅子を押していた介護士が口を開いた。

「失礼します。わたし益美さんのお世話をしている〈安心なーしんぐ〉の宍戸《ししど》と言います」

介護サービスの社員なのだから最低限の仕事をすればいいはずなのに、宍戸はまるで己の肉親が死に瀕《ひん》しているように深刻な顔をする。

「警察から連絡を受けてからというもの、水口さんは何も手がつかない状態で介護にも支障が出ています。どうか琢郎さんの容態を伝えていただけませんか」

こちらを見据える目は真摯そのものだ。思わず小山内は目を逸らしたくなる。

「琢郎が何度かそちらに迷惑をかけているのは知っています」

益美は縋《すが》るような眼で小山内を見る。やめてくれと思う。小山内の母親も益美と同年代だ。男にとって母親はいつでも弱点になる。

「ひょっとして、もう死んだのですか。そうだったら教えてください。教えてくれたことでお巡りさんを恨むことは決してありませんから」

益美に続いて水口も畳みかけてくる。

「日頃から暴走族の真似事をしておったヤツだから、お巡りさんがアレを快く思わないのも分かります。実際、見下げ果てた人間です。三十半《なか》ばになっても定職を持たず、蓄えもなければ養う家族もいない。そういうのは人間のクズです。しかし、それでも血を分けた息子には違いない」

三人から迫られ、小山内は返事に窮する。

「搬送先は承知しています。よろしければわたしと同行していただけますか」

益美と宍戸は乗ってきた介護車両で、水口は交通課のワンボックスカーに同乗してもらう。いずれは両親に琢郎の死を伝えなければならない。

警察官として最も嫌な仕事の一つがこれだ。口頭で伝えてもなかなか我が子の死を受け容れられない親もいる。残酷だが現実を見せるのが一番早い。

搬送先は市内にある〈秩父救急センター〉だった。小山内が事情を告げると、受付の女性はすぐに病室に案内してくれた。緊急搬送されたばかりの患者に面会できるのは、大した施術を必要としなかったという意味だが、おそらく水口夫婦は気に留める余裕すらないだろう。

案内された先は治療室ではなく、病棟の端にある部屋だった。入ってみれば看護師もおらず、ただストレッチャーにシーツを被せた身体が安置されているだけだった。

小山内は全てを察した。交通捜査係が到着した時点で琢郎の死亡は確認されている。救急車の中でも病院でも延命措置は無駄と判断されたに違いない。病院側が何らかの施術をしたとすれば、裂傷部分の修復程度だろう。

顔まで被せられたシーツで状況を悟ったらしく、水口夫婦はほぼ同時に動いた。益美は車椅子怪我の程度は一目瞭然であり、詳しい説明は不要だった。

果たして割れた頭部は修復がされており、流れ出ていた血も清浄されている。だが傷の深さや
の上で身を捩《よじ》るだけだったが、先に駆け寄った水口は素早くシーツを捲り上げる。

「琢郎」

宍戸に押され、益美が息子の身体に近づいた。

「琢郎お」

お決まりの愁嘆場《しゅうたんば》だが、いつ見ても慣れるものではない。小山内は感情に蓋をして成り行き
を見守ることにした。

益美は琢郎の死体に取り縋り、シーツに突っ伏して嗚咽《おえつ》を洩らし始める。宍戸は冥福を祈るよ
うに頭《こうべ》を垂れ、水口はこみ上げる感情を堪えるように険しい顔をしている。

医療器具も看護師も見当たらない空《うつ》ろな部屋に嗚咽だけが流れる。

やがて水口が徐《おもむろ》に口を開いた。

「即死でしたか」

この期に及んで嘘を吐いても仕方がない。

「我々が駆けつけた時には、もう……」

「どんな状態でしたか」

小山内は言葉を選びながら頭部に深刻な裂傷があり、もはや蘇生も困難であった旨を告げる。

「それでも延命はしていただいたんですか」

「救急隊は可能な限りの処置をします。それが彼らの仕事ですからね」

「すぐにこいつを引き取りたいんだが」

　丁寧だが沈痛な口調だった。

「見苦しくないようにしてくれたんだろうが、やはり傷口を見ていると痛々しい。今にも痛さのあまり叫び出しそうに見える。できればすぐにでも引き取って荼毘に付してやりたい」

「しかし、まだ捜査が終了しておらず」

「捜査は終了していないかもしれんが、琢郎は死んだ。これ以上、傷がついたままにするのは不《ふ》憫《びん》だ。女房も落ち着いてくれん」

　水口の言うのはもっともだった。打撲や擦過傷ならいざ知らず、琢郎の傷は明確に死を連想させる裂傷だ。

「頼みます」

　水口は深々と頭を下げる。思わず、やめてくださいと叫びそうになる。

　病院に到着するまでの間、鑑識班と交信していた。鑑識班が隈なく現場を浚《さら》ってみたが、やはり当該バイクが他のクルマと接触した痕跡は認められず、タイヤ痕を検証する限りへアピンカーブはどうにか曲がり切ったもののハンドル操作を誤って本人が投げ出されたとの推測だった。

　現状で事件性は認められず。念のため電話で課長に仔細を報告しようとしたが、生憎と不在だった。

　だが、ある程度は現場の裁量に任せられている部分がある。交通捜査係が鑑識班とともに下した結論には相応の説得力を有しているはずだ。

「いいでしょう」

決断には時間を要しなかった。

「先生に伝えて早急に死亡診断書を書いてもらいます。後は市役所に持っていって死亡届に必要事項を記入すれば、火葬許可証が発行されます」

「ありがとうございます」

水口は再び頭を下げようとする。

「やめてください」

そう言ってから、小山内は病室を出た。事件性がないのであれば、もう自分たちの出る幕はない。できることがないのに遺族から頭を下げられても居心地が悪いだけだ。

患者が救急隊から搬送先の病院に引き継がれる際には、救急活動記録検証票に担当医の署名が残される。まだ救急隊からは担当医の名前を確認していないのでナースステーションに問い合わせることにした。

ナースステーションの窓口で用件を伝えると、受付の女性は一瞬だけ怪訝そうな顔を見せた。

「しばらくお待ちください」

すぐに担当医がやってくると思ったが、姿を見せたのは白衣を着ていない男だった。

「秩父署交通課の小山内さん、ですか」

話し掛けてきたのは、鼻っ柱の強そうな顔に無精髭《ひげ》を生やした若造だった。

「話は聞きました。水口琢郎の死亡診断書の作成は、ちょっと待ってもらえませんか」

「あなた、誰ですか。医者ではなさそうだが」

「同業ですよ。県警捜査一課の古手川といいます」

県警。

しかも捜査一課だと。

担当部署が違うので、つい口調が荒くなる。

「何だって捜査一課が出張ってくるんですか。そりゃあ被害者は死亡してますが、単なる自損事故ですよ」

「いや、特にこの事故に何か問題があるって訳じゃないんですよ。ご存じないですか。帝都テレビの公式ホームページに書き込まれた犯行予告」

古手川のひと言で小山内もすぐに思い出した。浦和医大の光崎教授に向けて放たれた、一種の無差別殺人とも取れる脅迫文だった。

「確か、これからわたしは一人だけ人を殺す、でしたね」

口にしてから、脅迫状の持つ意味のとんでもなさに気づく。

「まさか脅迫状を鵜呑みにして埼玉県下の自然死全件を当たってるというんですか」

「まあ、可能な限りは」

「可能な限りはって……交通事故だけで年間何人が死んでるか知ってるんですか」

「去年は確か百七十七人でしたか」

「それに病院での死者を含める訳でしょう。それを加えたら、いったいどれだけの件数になるのか」

「正直な話、考えるのも鬱陶しいです」

当の担当者が何をふざけたことをと言いかけたが、古手川のあまり似合いもしない髭面《づら》を見てやめた。

伊達《だて》で生やしているのではない。自然死の案件に追われて髭を剃《そ》る時間的余裕もないのだ。

「古手川さん、何日家に帰ってないんですか」

確認のため、小山内は己の顎を指差してみる。すると古手川は苦笑いを浮かべて頷いてみせた。

「とりあえず毎日帰ってはいますよ。ほとんど寝るだけですけどね」

他部署の人間ながら同情心が湧く。交通捜査係も二十四時間体制だが、交代要員ありきの前提だからローテーションを回せる。だがいくら県警本部といっても捜査一課の捜査員は数が限られているはずだ。その人数で県下全ての自然死を捜査するなど無理にも程《ほど》がある。

「県警本部の方針に文句をつける訳じゃないが、俄《にわか》には信じ難いな。ブラック企業顔負けじゃないですか」

「刑事なんてどこも似たようなものでしょ」

「そんなことはない。ところで古手川さんの上司は誰なんですか」

「渡瀬警部という人です」

頭に渦巻いていた疑問と義憤は、その名を聞いた途端に吹き飛んだ。捜査一課の渡瀬班長。常日頃から相対する者を殴ることしか考えていないようなご面相で、しかし彼の統《す》べる班は検挙率では群を抜いているという。古手川が渡瀬の部下なら、無理な捜査を強《し》いられているのも納得できる。

「……さぞかし大変でしょう」

「もう慣れましたけどね」

「でも、それとこれとは話が別です」

水口夫婦の悲嘆ぶりを思い出し、古手川に対する同情を押しやる。

「被害者の遺族は今すぐにでも荼毘に付してやりたいと願っており、わたしもさっき約束したばかりです」

「それなら大丈夫ですよ。約束したのは小山内さんであって、俺じゃありませんから」

この男、何を言い出した。

「死亡診断書の作成が遅れるのは、全部県警捜査一課の責任とでも説得してくれませんか」

それは説得ではなく無理強いというのではないか。

「いくら名にし負う渡瀬班だからといって、無理を通して道理を引っ込めるような真似は問題だと思いますよ」

「ううーん、俺も同感なんですけどね。道理や組織の論理に左右されるような班長だったら、俺も苦労しないんですよ。何しろ課長や刑事部長どころか県警本部長に平気で喧嘩《けんか》売るような怖いもの知らずなんで」

「まるで昭和の話じゃないですか」

「あ、それ当たってます。ホントにザ・昭和な上司で、一緒に仕事してると時代感覚が狂っちまいます」

不平不満を言いながら、古手川はどこか状況を愉《たの》しんでいるような顔をしていた。

「とにかく、そのご両親に会わせてくれませんか。なるべく所轄には迷惑かけるなってのが班長のお達しなんで」

2

病院の別室には水口夫婦以外に益美の介護を担当している宍戸征爾《せいじ》という男が同席していた。本来なら被害者の血縁者以外は退席願いたいところだが、益美の補助にはどうしても必要だと水口が言い張るので仕方がなかった。宍戸本人は自分が場違いなところにいるのを承知しているらしく、ひたすら恐縮しているようだった。

「死亡診断書が出せないというのは、どういうことですか」

担当医を待っていたら、やってきたのは県警本部の若い刑事だった――被害者遺族の気持ちを考えれば、水口夫婦の戸惑いは古手川にも理解できる。

「出せないのではなくて、少し待ってほしいと言ってるんです。人一人を灰にしてしまうんですから、それなりの手続きを取らないと」

「さっき、秩父署の刑事さんはすぐにでも死亡診断書を作成してもらうと断言してくれたんですが」

水口は納得がいかないというように食い下がる。当然の反応だろう。言った言わないの水掛け論になるのを防ぐため敢《あ》えて小山内には席を外してもらったが、正解だったようだ。

「現場検証の結果も教えてもらいました。情けない話だが、息子がハンドル操作を誤って転倒した。誰も巻き込まず、他人の物も公共物も何も破壊しなかった。一番単純な事故だった。どこに問題があるんですか」

「問題があるとかないとかではなくてですね。とにかく慎重にしたいだけなんです。琢郎さんについて大まかなことは聞いてます。バイク歴はずいぶん長いんですよね」

「十七年乗っている計算です」

「十七年なら大ベテランですよ」

「しかし親のわたしが言うのも何だが、アレの運転は荒くて、とてもじゃないが安全運転とは程遠いものだった」

「暴走族紛いの運転だったから自業自得だったと言いますか」

自業自得という言葉が気に障《さわ》ったのか、水口は目つきを険しくする。内心で舌打ちをする。被害者遺族の心情を知っているつもりになっていても、時折こうして言葉の選択を誤る。我ながら進歩がないと思うが、一朝一夕で矯正できるものではないらしい。

「えっとですね、俺も商売柄バイクを乗り回しているヤツを知らない訳じゃないんです。たとえば白バイ隊員なんて元族《ゾク》だったヤツが少なくないんですよ。暴走族だったからといって必ずしも運転が荒い訳じゃない。無茶な走りをしているのは本人たちも承知しているんで、ぎりぎりのラインでコケるのを回避している。そういう走りを繰り返していると、自然と取り回しも上手くなるんだと自慢されるんですけどね」

「古手川さん、だったか。あなた、実際に事故現場を見たのかね」

「いいえ、まだ」

「真っ直ぐな道が続いたかと思うと、いきなりヘアピンカーブが現れる。わたしの家は坂の上にあってそれこそ一日に何往復もしてるが、未だにカーブでは慎重になる。どこがどんな道になっているか分かっていても、スピードを落とす。それを、琢郎とか他所《よそ》から来た走り屋とかはそのままの速さで突っ込んでいく。あの坂が事故多発地帯なのはそういう理由だ」

ならばやはり自業自得ではないかと思ったが、古手川が口を差し挟む前に益美が割り込んできた。

「あんた。自分の息子のこと、よくそんな悪《あ》し様《ざま》に言えるわね。琢郎は死んじゃったのよ」

「少なくとも誰にも迷惑をかけずに死んだのは褒《ほ》めてるんだ」

「なんて人なのっ」

「喚《わめ》くんじゃない。本当はわたしだって……」

水口の言葉が途切れる。男たるもの人前で取り乱すものではないとでも思っているのか、激情に耐えているような表情が痛々しい。

「息子さんの死因を知りたくありませんか」

　水を向けると夫婦とも怪訝な顔をした。

「何を言っている」

「ひょっとしたら直接の死因は事故ではないかもしれません」

「刑事さん、息子の亡骸を見たのか。ここの先生が修復してくれたが、そりゃあひどいものだった。安物のヘルメットは何の役にも立たず、頭はぱっくりと割れていたらしい。それが直接の死因でなければ何だと言うんだ」

「以前扱った事件ではクルマに轢《ひ》かれる以前に、別の原因で亡くなっていたというケースがありました」

「それだったら相手のある事故だろう。ウチの息子は一人で死んだ。死因が何であろうと関係ないじゃないか」

　言い過ぎたことに気づいたらしく、水口は益美を一瞥して言葉を濁す。

「なあ、刑事さん。わたしとアレはあまり仲がよくなかった」

「男親と息子の間柄なんて、どこも似たようなものですよ」

「そういうのとは少し違う。他人に言わせるとわたしは昔かたぎらしくて、三十半ばにもなって無職で独り身で貯金もないような男は人間のクズだと散々本人を論《あげつら》っていた。アレも面白くなかったんでしょう。わたしが言えば言うほど反抗的になっていった」

それも似たようなものだと古手川は思う。もっとも古手川本人は早くから家庭が崩壊していたので、憎む以前に父親が不在だった。憎む相手がいる分まだマシではないか。

「息子がこんな風になってみると後悔しかない。どうして、もっと本人が立ち直るような言葉を掛けてやれなかったのかと思う。しかし、もうそれもできん。わたしにできるのは、早くアレを成仏《じょうぶつ》させてやることだけだ」

水口はゆっくりと俯《うつむ》き加減になっていく。

「あの傷をそのままにしておくのは親として辛い。どうか早く火葬にさせてほしい」

「優しい子だったんです」

今度は益美が訴えた。

「あたしが糖尿を患って車椅子の身になると、いつも大丈夫なのかと気遣ってくれて……」

「それは経済的な理由で、ですか」

「身体のことと両方です」

「でも、ちゃんと介護サービスを受けてるじゃないですか」

「確かにこの人は介護士ですけど、近い親戚なのでお願いしているだけです」

男は誰でも母親には弱い。琢郎が母親を気遣っていたというのも、特筆するような話ではない。

「父親にはともかく、あたしには優しい子だったんです。あたしも琢郎のあんな姿、辛くて辛くて見てられません。早く成仏させてやって。お願い」

二人から頭を下げられると、古手川は進退窮まった。両親からの情愛に疎《うと》いため、二人に頭を下げられるとどう反応していいのか困惑してしまうのだ。

古手川は考え込む。上司の命令だからと言って突っぱねるのは、親の情愛を無視してしまえば簡単だ。一方、現場の判断で火葬を承諾してしまうのはもっと簡単だ。状況としては自損事故を疑う要素は何もなく、渡瀬が何を言っても自分が叱責されればいいだけの話だ。

「刑事さん。アレの火葬を遅らせてまで、いったい何を調べたいんだ」

水口の声は憤慨していた。

「ちゃんとした死因を解明するには司法解剖するべきだと思います」

「解剖だと」

水口は気色《けしき》ばむ。

「あなた今まで何を聞いてたんだ。息子の傷が見てられないほどひどいから早く成仏させてやりたいんだぞ。それを更に切り刻むというのか。いい加減にしてくれ」

「警察には人の心がないんですか」

益美の訴え方も悲痛だった。

「何が死因の究明よ。中身が出るくらいに頭が割れてるのよ。それが死因じゃなかったら何が死因だっていうのよ」

「だから、裂傷というのはあくまで見た目で、解剖してみなければ判明しない事実だってあるんです」

「あの子は死んでしまった。それ以上に重要な事実なんてないじゃないの」

駄目だ。

二人とも感情的になっていて、こちらの話を聞こうとしていない。

紛糾しかけた時、今まで沈黙を保っていた宍戸がおずおずと手を挙げた。

「あの、よろしいでしょうか。小耳に挟んだのですが、今は画像診断とかいうものがあるんですよね」

思わぬところからの提案に水口夫婦は毒気を抜かれたような顔をする。

「詳しい仕組みとかは知りませんけど、レントゲンみたいに、解剖しなくても身体の中が分かるんですよね。それだったらご夫婦の希望と警察の目的が一致するんじゃないですか」

「刑事さん、今の話は本当なのかい」

「ええ、まあ」

「それが本当だったらそうしてくれ。この病院にも、そのくらいの設備はあるでしょう」

「どうだったかな」

敢えて即答は避けたが、〈秩父救急センター〉が今年からＡｉによる画像診断を導入しているのは事前に知っていた。県内にＡｉを設置した医療機関が増えれば解剖要請も少なくなるだろうと、法医学教室の面々が話しているのを聞いていたのだ。

画像診断に委ねるというのは確かに一案ではある。だが、過去に画像診断で真実《ま》を逃がしかけた古手川には不安が残る。Ａｉ自体を否定するつもりはないが、光崎の技能を目の当たりにしてしまうと画像診断に頼るのが心許なくなる。

「とりあえず確認してみます」

時間稼ぎを兼ねて病院側に問い合わせる。結果はとうに分かっているが、今は水口夫婦に捜査のための猶予《ゆうよ》を認めさせるのが先決だった。

「この病院に画像診断の装置はあるみたいですね」

我ながら白々しいと思いながら、水口夫婦に話を持ち掛ける。一課に配属された頃には考えもしなかったタヌキ芝居だが、あの海千山千の上司の下にいれば自然に身についてしまうのだろうか。

「ただ今すぐというのは難しいようです。申し訳ありませんが一日だけ待ってもらえませんか」

水口夫婦は何か言いたそうだったが、最終的には渋々ながら承諾した。


「それで一日だけ猶予をもらったんですか」

説明を聞き終わると、小山内は呆れたような声を上げた。

「渡瀬班の人が優秀なのは話に聞いていますが、一日で何とかなるものなんですか」

「一日というのは言葉の綾というか、時間稼ぎです。何かネタが見つかれば、それを口実にまた日が延ばせる」

ますます呆れた様子で小山内は首を振る。

「全く……県警捜査一課というのはいつもそんな捜査手法なんですか」

「多分、俺だけですよ」

二人はバイク事故の現場に立っていた。小山内に無理を言って同行してもらったのだ。

「でも病院には画像診断の設備があるんですよね。どうして頼ろうとしないんですか。Ａｉの有効性はわたしだって知ってますよ。費用も少なくて済むし、何より熟練の解剖医も手間暇も要らない。今回のケースにはうってつけじゃないですか」

「Ａｉ自体を信用してないんじゃないんです。信用できないのは、むしろそれを扱う人間の方でしてね」

古手川が懸念しているのは画像診断でもミスが生じている事実だった。

先日、医療事故のデータを収集している日本医療機能評価機構が公表したところによれば、この三年間で画像診断による病変の見落としは三十七件にも及ぶという。

日本医学放射線学会はこうした見落とし案件について、「画像診断の検査数が増大し、診断書に記載されている情報量の多さに主治医が結果を消化しきれていない」と見解を下した。画像自体が広範囲を撮影していても、主治医が担当領域にしか注意を払っていないため病変に気づかないというのだ。

加えて画像診断を担当する放射線科医と主治医の連携不足も指摘されているが、これは浦和医大に縁の浅からぬ古手川には腑《ふ》に落ちる話ではある。同じ医療現場と言うなかれ、かの世界でも分野による壁は厚く、実際にメスを握る医師と握らない医師の間には認識の違いも存在する。

「……っていう話でしてね。そういうのを聞いちまうと、どうしても機械だけに頼るのが不安になっちゃって」

「結局は熟練の腕、ですか。若いのにずいぶんアナクロな考えですね」

きっとアナクロな上司とアナクロな法医学者に鍛えられたせいだと思ったが、口にはしなかった。

既に現場は事故車両が運び出されているが、損傷の度合いは写真と小山内の目撃談で充分理解できる。写真を見る限り、琢郎の愛車は所謂族車《ゾクシャ》ではなく、せいぜい目立つのはロケットカウルと派手なカラーリングくらいだった。

「エンジンがチューンナップされてましたね。結構な馬力は出たと思いますよ」

「結構な馬力だったから、ライダー本人は遠くまで弾き飛ばされた。それに比べてバイクの方は、カーブの終了地点で転倒してるんですね」

「ライダーと同じ場所まで滑り落ちていないと不自然に見えますか。改造車といってもレーシングカスタムのフルカウルですから、いったん転倒すると接地面が大きくなります。接地面が大きくなると抵抗も大きくなるので、それほど滑らないケースも出てくるんです」

古手川は脳裏に事故の状況を思い浮かべてみる。下り坂を猛スピードで疾走するバイク。ヘアピンカーブでハンドルを切るが、操作を誤ってバイクは内側に横倒しとなる。バイクはその場に留まるが、乗っていた本人は遠心力も手伝ってより遠方に放り出される。緩《ゆる》く被っていたヘルメットは剝がれるように脱げ落ち、後は坂を転げ落ちる度にアスファルトへと叩きつけられる――想像する光景と死体の損傷状態に齟齬《そご》は見当たらない。古手川自身が琢郎の死体を検分したが頭部の裂傷以外にも、全身に多くの擦過傷が残っていた。紛れもなく長い坂を転げ落ちた際にこしらえた傷に見えた。

「バイクの損傷に比べて乗っていた本人の損傷が激しいのは珍しくありません。バイクは鉄の塊《かたまり》ですが、人間は水分を薄い皮で覆っただけの代物ですから」

「小山内さんも結構ドライな言い方をしますね」

「人体が呆気ないほど脆い事実を嫌というほど見てきましたからね。しょうがありません」

すっかり倦《う》んだような言葉は聞くだに憂鬱になる。自分も似たようなもので、原形を留めない死体と幾度も対面していると、人体に対する敬意が少しずつ摩滅していくような錯覚に囚《とら》われる。

ふと真琴のことを思い出した。法医学教室に籍を置いて二年余り、彼女も人や人体に対する考えに変転があるのだろうか。

「正直、所轄の判断を疑われているようで、あまりいい気はしませんね。身内の判断も疑ってかかれというのは県警本部の総意ですか。それとも渡瀬警部の進言ですか」

不意に小山内の言葉が尖る。おそらく古手川と話し慣れてきたせいだろう。自分に慣れてきた相手の最初の態度は、まず抗議か愚痴になる。

「この件だけっスね」

「理由を伺いたい」

「水口琢郎を調べてみると、なかなかキナ臭い事実が判明しましてね。去年から彼には高額の生命保険が掛けられているんですよ」

「初耳です」

「乱暴な運転が心配だからと父親が保険外交員を呼んで、半ば強制的に契約させたみたいですね。まあ自賠責だけで賄《まかな》えないような事故を起こさないとも限らないんで保険に加入すること自体は怪しいことじゃないんですけど、こうして本人が死亡してしまうと疑いたくもなります。しかも死亡保険金の受取人は父親の名前になってますしね」

「死亡時に下りる保険金はいくらなんですか」

「五千万円」

「人の命に換算するのは気が引けますが、微妙な金額ですね。これが億単位になれば疑惑も濃厚なんでしょうが」

「逆に言えば、この金額だから怪しまれないという見方ができます。五千万円は巨額ですよ。同額の借金を背負っている者にしてみたら」

「水口仙彦にそんな借金があるんですか」

「イチゴ栽培で生計を立てているんでしたよね。一昨年ですがこの辺り一帯に台風が襲来し、多くの農作物が落果したらしいですね」

「ええ。青果農家の大部分が大打撃をこうむりました」

「水口家も例外ではなく、被害の補填や新しいハウスの建設で農協に三千万円以上の借金をこさえてます。それに加えて女房の医療費もバカにならない。なのに頼みの綱の一人息子は日がな一日バイクを乗り回している。加入したばかりの生命保険と借金、期待できない息子。三つ合わせて数え役満ですよ」

「しかしどれもこれも状況証拠に過ぎない。まさか裁判所もこれだけで逮捕状を発行せんでしょう」

小山内の指摘はもっともで、古手川が現在抱えている懸案はまさにそれだった。水口夫婦の対応を見る限り、解剖を承諾してくれる可能性はゼロだ。残る手段は物的証拠を集めた上で新法解剖に持ち込むより他にない。

さて、どうしたものか。

下から坂道を見上げると、一本道がどこまでも延びている。古手川も十代の頃、一時バイクを乗り回していたことがある。警察官を目指すようになってから縁が切れてしまったが、それでも街乗りをしているライダーを見ると郷愁めいたものを感じる。十代で覚えた趣味は中年になっても続くという俗説は、どうやら本当らしい。

その時、唐突にある考えが閃いた。

慌てて効果を検討してみる。物的証拠には成り得ないが説得材料にはなる。しかし説得するにもリスクが伴う。果たしてリスクを負うだけの価値があるのかどうか。

「古手川さん」

呼ばれて我に返った。

「実地検分はこれで終了ですか」

「あ、はい。ども」

小山内とともにパトカーに乗り込んでから、やはり頼んでみようと思った。

「ひょっとしたらお願いしたいことがあるかもしれません」


次に古手川たちが訪ねたのは〈安心なーしんぐ〉だった。既に夕刻を過ぎ、契約した利用者宅から職員たちが帰社している時刻だ。

「僕に何のご用ですか」

宍戸は最初から警戒心を隠そうとしなかった。

「改めて話を伺いたいと思いまして。あなたは益美さんの介護士で、しかも水口家の近縁でもある。夫婦から聞けない話も聞けるかもしれない」

「琢郎くんは事故死じゃないと、まだ決めつけてるんですか」

「色々と引っかかるところもあって。ところで近縁というのは、どういう関係ですか」

「水口仙彦は僕の叔父貴《おじき》です」

聞けば宍戸の両親はずいぶん前に相次いで他界しているのだという。

「幸い、その頃には介護士として就職していたので生活に困ることはなかったんですけど、当時叔父貴夫婦には世話になったんです」

「でも今ではあなたが益美さんの世話をしている。恩返しという訳ですね。規定より安い報酬でサービスをしているんですか」

「時間を見つけて食事や洗濯の手伝いをしている程度ですよ。ここの仕事は外せませんからね」

「それじゃあ休みなしで働いていることになる」

「親戚ですよ。困っている時はお互い様です」

宍戸は少しむっとしたように言う。

「ところで何をお訊きになりたいんですか」

「水口家の家族仲」

「それは刑事さんの前で二人が話したじゃないですか」

「フリーターを許さない昔かたぎの父親、一人息子を溺愛気味の母親。確かに問題はありますけど、問題のない家庭なんて存在しない。その意味では平均的な家庭と言えるでしょう」

「ちょっと偏見みたいに聞こえます」

「伺いたいのはそれ以外のことです。両親か、あるいは琢郎さんに別の問題はありませんでしたか」

「別の問題って何です」

「たとえば経済的な問題。感情的な問題」

「そんなものを根掘り葉掘り訊き出そうというんですか」

「無理にではなく、あなたが感知できた内容で結構です」

宍戸はあからさまに不快な表情を浮かべる。水口夫婦に対する思慕なのか、古手川に対する嫌悪感なのかは定かでない。

宍戸がなかなか口を開かないので、他の質問に切り替えてみる。

「琢郎さんはどんな人でしたか」

「子供の頃はよく一緒に遊びましたけど、元々別の学校だったので、それほど深くは」

「父親の言うように、生活能力のない人間だったんですか」

「琢郎が就職できなかったのは運のせいでもあるんです。就職氷河期で大卒でもまともに就職できなかった人が少なくなかった。高卒なら尚更です」

「家の中で喧嘩が絶えなかったんじゃないですか」

「同居していた訳じゃありませんから」

「同居していなくても経済的に窮乏しているとかの話は伝わるでしょう」

返事なし。この沈黙は肯定とみてよさそうだ。

「一昨年の台風被害で水口夫婦が大変な借金を背負ったのは知ってますか」

「……それと今度の事故と、どんな関係があるんですか」

「関係があるかどうかは俺たちが判断することなんですけどね。人を、それも肉親を殺すというのは大変な犯罪です」

「そこは同意します」

「感情の縺《もつ》れだけでもなかなか実行に至らない。経済的理由にしても同様です。でも二つの理由が重なったらハードルはうんと低くなる」

「刑事さんは、どうしても叔父貴夫婦を犯人に仕立て上げたいんですね」

「可能性を一つ一つ潰していくのが俺たちの仕事です」

「僕からすれば気の毒な仕事ですよ。人を疑うところから始める仕事なんて」

宍戸は憐《あわ》れむような視線を寄越すと、次の瞬間にはぷいと顔を背《そむ》けた。

「すみませんが、僕が協力できることはありません」

そう言い残して施設の奥へと立ち去ってしまった。

「失敗でしたね」

横に突っ立っていた小山内が慰めの言葉を掛ける。

「叔父甥《おい》の間柄といっても近所でない限り、そうそう家庭内の事情までは把握できませんよ」

「そうですかね。俺としては、かなり感触あったんですけど」

「感触。どこがですか」

「今のやり取りを聞いてたでしょう。彼は一度だって、親子間での喧嘩が絶えなかったことも水口夫婦が経済的に困窮していたことも否定しなかったんですよ」

3

「真琴先生は応急処置とかできるのかい」

古手川は法医学教室に入ってくるなり、そう尋ねてきた。最近は死体しか扱わなくなったが、元々臨床医を目指していた真琴はいささかむっとする。

「応急処置とかって何ですか。とかって。これでも医師免許持ってるんですよ」

「悪い悪い。念のためめに確かめておこうと思ってさ」

「念のためって、誰か応急処置しなきゃならない人がいるんですか」

するとと古手川は己の顔を指差した。

「古手川さん、どこか怪我してるんですか」

「いや、まだなんだけどさ。どうせ処置してもらうのなら真琴先生の方が気安く頼めるしさ」

同じ事件を扱うようになって久しいが、未だにこの男の言動には頭を抱える。自分に気安く頼めるというのはともかく、応急処置の予約とはどういう了見なのか。

「Perhaps. 古手川刑事。ジャパニーズ・マフィアの事務所にキョーセイソウサをかけるのですか」

横で二人のやり取りを聞いていたキャシーが早速茶々を入れてきた。

「銃撃戦か、サムライ・ソードで斬《き》りかかってくるのか。それは確かに応急処置が必要になりますね」

「俺がハチの巣やなます斬りにされるのを、期待いっぱいの顔で話さないでください。第一、暴力団担当は四課、俺は一課です」

「そうでした」

「だから、どうしてそこで残念そうな顔をするんですか」

放っておくと話が進まないので、真琴は二人の間に割り込む。

「どうせ訊けば呆れるような事情ですよね」

「ああ。絶対、呆れるような事情だから訊かない方がいい」

古手川は自信満々という風に胸を反らす。まるで悪戯《いたずら》自慢をする小学生みたいだ。

「どんな事情ですか」

こちらが興味を持つのは織り込み済みなのだろう。古手川は待ってましたとばかりに話し始めた。

二十七日、秩父市山田の山間部で起きたバイクの自損事故。両親は息子の解剖を望まず、一刻も早く荼毘に付したいと言う。しかし古手川は息子に掛けられた五千万円の死亡保険金と父親の借金の事実が引っ掛かり、解剖に気持ちが傾いている。

「概ね分かりました。でも、それだけが古手川さんの解剖に拘《こだわ》る理由ですか」

「返さなきゃいけないカネと息子が死んだら入るカネ。この二つで疑う根拠は充分だろ」

「それだけですか」

尚も真琴が追及すると、古手川はばつが悪そうに頭を掻く。

「家族と折り合いがよくなかった俺が言うのも何だけど、どうもあの親の反応が気に食わないんだよ。一人息子がバイク事故で頭をぱっくり割っちまった。まあ、ひどい怪我さ。でも一刻も早く火葬にしたいなんて思うかね」

「それは家庭によって色々あるだろうし」

「少なくとも、心の整理がつくまでは遺体の傍に寄り添っていたいと思うのが普通じゃないかね。もちろん茶毘に付してやりたい気持ちは理解できるが、あの両親の場合はちょっと極端な気がしたんだ。親子関係は良好なものじゃなかったのにな」

　真琴は少し考え込む。刑事としての古手川は決して無能ではない。今までの仕事ぶりを見ている限り、むしろ優秀な方だと思う。

　だが一方、思春期に家庭崩壊の憂き目に遭った古手川は親子の情について過敏な反応を示す傾向がある。本人もそれを自覚しているので、どこか自信なさげな態度になるのだろう。

「どちらにしても事件性がなければ司法解剖はできない。ひょっとして、また新法解剖を考えているんですか」

「ご名答。というか、もうそれ以外に方法がない」

「でも、古手川さんの話だと物的証拠はゼロだし、それで秩父署の署長や県警本部長を説得できるんですか」

「少なくとも補強材料がないと無理だと思う。水口琢郎の事故は偽装だとか、両親には殺人の動機があったとか、解剖に踏み切らせるような材料がないとな」

「聞いた限りじゃ、そんな材料はないですよね」

「うん。だから自分で作ろうと思ってさ」

　途轍《とてつ》もなく嫌な予感がした。何しろ警察手帳と手錠を持った悪戯小僧のような男だ。時折、良識や論理を無視した言動をするので油断がならない。

「古手川さん、いったい何をするつもりなんですか」

実験、と古手川は事もなげに言う。

「秩父署交通課の想定した状況に穴がないか。それを検証するには実験するのが一番手っ取り早いだろう」

理路整然とめちゃくちゃなことを言われているような気がする。

「まさか」

「そのまさか。実際に事故の状況を再現してみる」

「事故の再現って。誰がバイクで転倒するんですか」

再度、古手川は自分の顔を指差した。

「こう見えても悪ガキの頃はナナハンを乗り回していた」

こう見えても何も、今でも悪ガキにしか見えない。

「ナナハンって排気量が750cc以上のバイクですよね。そんな昔に限定解除の免許持ってたんですか」

「変なこと言うなよ。免許持っててバイク乗るのは悪ガキと言わないんだぜ。あ、一応今は持ってるから心配しなくてもいい」

「……そんなんで、よく警察官の採用試験受かりましたね」

「違反記録もなかったからね」

そこは自慢するところなのか。どこから突っ込んでいいのやら困惑したが、一番確かめなければならない点を思い出した。

「簡単に実証って言うけど、実際の事故では死人が出ているんですよ」

「うん。もちろん実験に命を懸けようなんて馬鹿なことは考えていない」

「現段階で充分に馬鹿な思いつきだと思います。わたしに応急処置ができるかどうか訊いたのも、大怪我する可能性が念頭にあるからなんでしょ」

「そりゃあセーフティ・ネットくらいは用意するさ」

「何でわたしが古手川さんのセーフティ・ネットにならなきゃいけないんですか」

語気が荒くなるのが自分で分かる。実のところ真琴自身も冷静沈着な性格と程遠いので、古手川と絡《から》んでいると我知らず流されてしまうことが多々ある。

こういう時に絶妙なタイミングで割って入るのがキャシーの真骨頂《しんこっちょう》だった。

「名誉なことではないですか、真琴。古手川刑事は真琴に命を預けると言っているのですよ」

「いや、キャシー先生。俺、そこまで言ってませんよ」

「言っているのと同じです。強固な信頼関係がなければ、そんなリスクに他人を巻き込めるはずがありません」

褒めているのか貶《けな》しているのか分からない。

「それに真琴。以前にも言いましたが、ワタシの国の検死局では動物の死体に銃弾を撃ち込んで貫通データを採ります。古手川刑事の提案はその実証精神に沿ったもので、非常に論理的と言わざるを得ません」

「何が論理的ですか。こういうのは軽挙妄動《けいきょもうどう》と言うんです」

「Ｏｈ！　難しい四字熟語ですね。日常的に使う言葉でないと、なかなか人には通じませんよ」

あんたがそれを言うのか。

「俺が真琴先生たちを頼りにするのは、もう一つ理由があってさ」

古手川は悩まし気にこちらを見る。

「法医学教室で事故死を扱うのは少なくないだろ」

「月によっては最多ですよ」

「つまり対人事故が人体に与える影響についてはデータの蓄積があるってことだ。言い換えれば、どんな保全手段を講じれば安全なのかも知り尽くしているはずだよな。これ、逆転の発想」

賢いことを言ったので褒めてくれと顔に書いてある。

何が逆転の発想だ。こういうのはバク転の思いつきと言うのではないだろうか。

「多少は面食らうのも仕方ないいんだけどさ」

古手川は申し訳なさそうに真琴を窺い見る。

「あの両親が死んだ水口琢郎の無念を汲み取ろうとしているようには見えない。彼の訴えを聞けるのは、俺たちだけだと思うんだ」

「Good spirit！」

キャシーは親指を立ててみせる。

「門前の小僧習わぬ経《きょう》を読む。法医学教室に通っているうち、古手川刑事にもボスのポリシーが憑依《ひょうい》しているじゃありませんか。ボスのポリシーにワタシたちが逆らうことはできません。そうですよね、真琴」

　真琴は反論を思いつけなかった。

　翌日、山田の事故現場には古手川と法医学教室の二人に加え、秩父署交通課小山内の姿があった。

　バイクの転倒した現場というのはまさにU字形のヘアピンカーブで、当該バイクのみならず他のクルマも急ブレーキをかけるせいか、複数のタイヤ痕が入り乱れている。

「一応、現場検証という触れ込みで許可は取りましたけどね」

　小山内は頭痛持ちのような面持ちで文句を垂れる。

「いったん所轄が事件性なしと判断した案件なのに再度の現場検証とはどういう了見だと、上から睨まれました」

　気持ちは痛いほど分かるが、自分に言われても仕方がない。

「あの、わたしたちも巻き込まれた側でして」

「巻き込まれた側ねえ」

　小山内の視線の先には、琢郎の死体写真に見入っているキャシーが立っている。熱心ではあるものの少しにやついている顔は、とても巻き込まれた被害者のそれとは思えない。

「小山内さん、レーダーと目標ポイント目印の用意はいいっスか」

　真琴たちを巻き込んだ古手川は、他人の迷惑などそっちのけという体で話し掛ける。その出で立ちを見て、また真琴は不安に駆られる。

まるでダウンジャケットを何重にも着込んだように、胸回りも腕も丸々と太い。全体を彩《いろど》るカーキ色が否応なく物騒な雰囲気を醸《かも》している。

防爆防護服、と古手川は説明してくれた。爆発物処理班が処理作業の際に着用するボディアーマーで、全体が強力な耐圧仕様になっているという。聞けば県警の爆発物処理班から拝借したそうだ。

「衝撃を受けても、着ていない場合の100分の1以下まで軽減される。それだけじゃ不安なんで、中にもプロテクターを装着してある」

小脇に抱えたヘルメットは、ひと目でライダー用のそれよりも大きく頑丈であると分かる。ゴーグルが大きく視界も充分に確保されている。そればかりではなく防護服の襟《えり》は側頭部と後頭部を完全にカバーしている。事情を知らない者が見れば、どこの紛争地帯に臨む姿かと思える。

「まあレーダーはその装備より手軽なんだけどね」

小山内は路肩に設置された定置式の測定器を指差す。この測定器で疾走するバイクの速度を逐一古手川と交信するとのことだった。

どんな返事がくるか薄々見当はついたが、それでも訊かない訳にはいかなかった。

「本当に大丈夫なんですか」

不安の理由は大層な防護服だけに留まらない。古手川の背後に控《ひか》えているのはレーシング仕様のバイクで、いかにもやんちゃなカラーリングが幼稚さと凶悪さを演出する。このバイクは実際に被害者が乗っていたものを大急ぎで修理したらしい。水口夫婦の介入が心配されたが、幸い事故車として秩父署が保管していたので助かった。

「どう見ても真っ当な大人の乗り物に見えないんですけど」

古手川自身が真っ当ではないと皮肉ったつもりだが、おそらく本人には通じない。

「同じ排気量で似たような車体を用意しようと思ったんだけど、どうせなら本物を使った方が正確なデータが出るだろ」

「いや、バイクもそうだけど、古手川さんがですよ。一応、応急処置の用意はしたけど、首の骨を折るとか脳挫傷じゃ応急も何もないんだから」

「大丈夫」

「その根拠のない自信はどこからくるんですか」

「どこからって真琴先生たちに決まっているじゃないか」

古手川は当然のように応える。

「浦和医大法医学教室がいなきゃ俺だってこんな真似はしないし、思いつきもしないよ」

次に言おうとした言葉を飲み込んでしまった。こうまで頼みにされたのでは、もう邪険にできないではないか。

「……できる限りサポートします。でも、一つ答えてください」

「はい、何でしょう」

「ここまで身体を張らなきゃいけないんですか、刑事の仕事って」

「うーん、ああいう上司の下についちゃうと、自然にそうなるよなあ」

どこか嬉しそうに諦めた言い方だった。

「自分が納得するまで徹底してやる。人一人の生き死にを扱うのなら、そこまでやって正解だ。ただ俺たちは規範とする人間が飛び抜けて優秀で、妥協知らずで、非常識だったたって話に過ぎない。真琴先生だって、そう思うだろ」

真琴は頷くより他になかった。

実験の目的は、小山内たち交通課交通捜査係の見立てが妥当かどうかの検証だった。事故当時と近似の条件下に揃え、バイクの転倒した位置、ライダーの墜落地点、破損状況を実際のものと比較する。誤差の範囲内ならともかく、致命的な差異が生じれば見立てを疑う余地が出てくる。

「んじゃ」

防護服とバイクの取り合わせはちぐはぐこの上なく、どうしても見慣れない。バイクに跨《また》がるのは十年ぶりという古手川がキック一発、やんちゃそうなバイクはすぐに咆哮《ほうこう》して目覚める。おそらく何度か練習したのだろう。古手川はふらつきもせず、バイクで坂道を駆け上がっていった。

小山内は遠ざかる後ろ姿を見て溜息を洩らす。まるで自分が迷惑をかけているような錯覚に陥り、真琴はつい頭を低くする。

「あの、何だか小山内さんも巻き込んでしまったみたいで」

「全くです。どうして所轄の刑事が、自分の判断の誤りを実証しなきゃならないのか」

「お怒りですか」

「当然でしょう」

「でも、測定器まで持ち出して協力してくれてます」

「本当に。こんなことしてウチの課長から睨まれるのは必至なんですけどね」

「それじゃあどうして、ですか」

「そりゃあ先生。所属部署が違えど同じ刑事です。その刑事が手前《てめえ》の身体張るっていうんだから、協力しない訳にはいかないでしょう」

「仲間意識みたいなものですか」

「それとはちょっと違うなあ。何ていうか、古手川さんには妙な突破力がありますね。無理を通して道理を引っ込めちまうような。ああいう部下を使いこなしている渡瀬警部に、一層興味が湧いてきます」

　小山内と真琴たちは転倒地点となったヘアピンカーブの三十メートル先で待機する。人やバイクが転がり落ちても、そこまでは到達しないだろうとの読みだ。もちろん一区間は通行止めにしてあるから邪魔する対向車も皆無だった。

　法医学教室の人ならご存じでしょうが、と小山内は前置きした。相手の無知に配慮できる人間だと感心した。

「タイヤ痕と車体の重量で、ブレーキをかけた瞬間の速度は分かります。今回の場合、被害者水口琢郎はカーブの手前で時速五十キロまで減速したものの曲がりきれず、バイクはその場に転倒、乗っていた本人は下り坂であるのも手伝って二十メートル近く転落していく。二十メートルもアスファルト上で引き摺られたら人体がどれだけ破壊されるか、わたしが説明するまでもないでしょう」

「防護服の重量はデータ採集の阻害要因になりませんか」

「あれは見かけよりずいぶん軽量なので、無視できる数値です」

「本格的なデータ採集なら、本来は十回二十回とトライしてもらうべきなのですが」

真琴の隣でキャシーは恐ろしいことを口にする。

「検死局での銃弾貫通実験は動物の死体目掛けて、それはもう何発も何発も」

「古手川さんを動物の死体と一緒にしないでやってください」

「同じ検体ではないですか」

キャシーは何を今更というような顔をする。救いといえば応急処置のセットを後生大事そうに抱えていることだが、穿った考えをすればただ流血が見たいだけなのかもしれない。

「真琴。今は古手川刑事の身の安全よりも、有効なデータが採れることを祈りましょう。それでなければ彼が身を犠牲にする意味がなくなってしまいます」

「だから今の段階で犠牲とか言わないでくださいっ」

「あのお、もういいですか。そろそろ準備が整ったので」

遠慮がちに小山内が割って入ったので、二人は押し黙る。

「レーダーの準備よし。いつでもどうぞ」

小山内が無線で指示を飛ばす。

いよいよ始まる。真琴は祈るように坂道の上に視線を投げる。

両側に繁茂する林の中からは、時折オオルリの啼《な》き声がする。まだ陽は高く、頂《いただき》からの風が汗ばんだ肌に触れる。いかにも平和な風景の下で行われているのが死亡事故の検証実験という違和感を味わう。

やがて坂の上からバイクの音が聞こえてきた。上った時とは異なりかなりのスピードを出しているらしく、エンジンは獰猛《どうもう》な唸《うな》り声を上げている。ひどく甲高《かんだか》い音で耳に障る。

「現在、時速七十キロ」

古手川からの通信を小山内が復唱する。

「はい。現場まではあと百メートルです。手前十メートルで急制動をかけて五十まで落としてください」

エンジン音がひときわ高くなる。

体感する時間がやけに長い。一秒が十秒ほどにも感じられる。

ようやくバイクが姿を現した。カーキ色一色の古手川がヘアピンカーブ目指して疾走してくる。

問題のヘアピンカーブまでは比較的なだらかな曲線だが、その代わりに勾配がきつい。下り坂ならスロットルを開けなくても自然にスピードが上がるに違いない。真琴はバイクに乗ったことはないが、おそらくジェットコースターで直滑降する感覚に似ているのではないかと想像する。

だが、そんな安穏《あんのん》な想像も古手川のバイクが近づくにつれて吹き飛んだ。何かと衝突すれば確実に大怪我をする勢いでバイクが突っ込んでくる。

ヘアピンカーブまであと二十メートル。

十五メートル。

十メートル。

「ブレーキ！」

小山内の声が宙を裂く。

瞬間、タイヤが盛大な悲鳴を上げ、バイクは内側に傾きながらヘアピンカーブに進入する。

後はスローモーションを見ているようだった。

タイヤを目いっぱい軋《きし》ませてバイクが横倒しになる。エンジンの断末魔と破砕音。シートに跨っていた古手川は宙に投げ出されるが、アスファルトの上にではなくガードレールを飛び越えていってしまう。

「古手川さん！」

叫んでから、初めて自分の声だと気づいた。

横転したバイクは惰性でしばらく坂を滑り落ちていく。だが真琴の関心は古手川の行方《ゆくえ》しかない。ガードレールに手を突いて眼下を覗き込む。運悪く絶壁だったら応急処置のしようもない。

「古手川さん！」

再び叫んだのと、目の前五メートル下の古手川を見つけたのがほぼ同時だった。

「よお」

落下した古手川の身体は張り出した樹林の梢《こずえ》に引っ掛かっていた。

「……悪運、強いですね」

「みんなから言われる」

横から小山内も顔を出した。

「みんなからって。あなたはいつもこんな無茶をしているのか」

「今日はまだマシな方です」

「ったく、どんな身体してんだ」

小山内と真琴の手を借りて、古手川は苦心惨憺《くしんさんたん》の様子で引き揚げられる。ふと見れば、三人があたふたしている間にキャシーは滑落したバイクの位置を確認していた。

「チャレンジした甲斐がありましたよ、カウボーイ」

キャシーは嬉しそうに横倒しになったバイクを指差した後、測定器の設置場所まで戻って表示パネルを見ろと指図する。

表示された速度は五十一キロだった。

「古手川刑事は事故発生時の条件をほぼクリアしています。バイクの破損状況も、事件の内容をトレースしています」

「本当だな」

キャシーの肩越しに現場を眺めた小山内は、携帯していた現場写真と比較しながら呻くように言う。

「一点だけトレースできなかった」

ヘルメットを脱いだ古手川が疲れた様子で路肩に腰を下ろす。真琴は防護服を脱がせながら、古手川の身体に異変がないかを確認する。幸い打撲や骨折の惧《おそ》れはないようで、改めて古手川の強運に舌を巻く。

「バイク本体は想定通りの動きだったが、乗っている人間の方は大番狂わせだ。体感したから分かる。バイクが内側に倒れても、身体には強烈なGが掛かって外側に放り出される。今見た通りだ。最初からバイクを倒すつもりでないと身体は内側に倒れない。曲がりきろうとハンドル操作をすると今の俺みたいになる」

「水口琢郎は、放り出される寸前までハンドルにしがみついていたんじゃないですか。それなら内側に放り出されても」

「違うんだよ、真琴先生。慣れたバイク乗りは転倒する瞬間、ハンドルを離すものなんだ。身体が先に落ちてしばらくバイクに引き摺られることも有り得るし、伸び切った手でハンドルを握っているからアクセルが開きっ放しになる。後輪で轢かれたり、チェーンに巻き込まれたりする危険もある。水口琢郎はバイク歴十七年。それだけ乗ってりゃ一回や二回はコケているはずだ。転倒の瞬間に手を離す回避行動は頭より身体が憶えている」

「じゃあ、あの事故は」

「不自然なんだよ。少なくとも水口琢郎はバイクの転倒で死んだんじゃない。原因は別にある」

それなら早速、交通事故報告書を作成し直さないと――そう言いかけた時、小山内が硬直した顔で告げた。

「先に提出した報告書は即時撤回し、わたしから司法解剖を署長に進言しておきます」

真琴たちが呆気に取られていると、小山内は顔を背けて続けた。

「これ以上、恥を掻きたくない」

4

『水口琢郎の交通事故死には疑念あり』

小山内が再提出した報告書は即刻秩父署署長の手元に届き、県警本部への連絡を経て司法解剖の手続きに移行する運びとなった。恐ろしく早い進行に真琴は戸惑ったが、どうやら小山内が獅子奮迅《ししふんじん》の働きかけをしてくれたと聞き納得した次第だ。

いったん解剖が決まってしまえば後は早かった。既に死亡診断書は作成されていたものの、幸いにも火葬場のスケジュールが合わず琢郎の死体は自宅に安置されたままだった。

古手川が真琴とキャシーを連れて水口宅を訪れ解剖に回す旨を伝えると、仙彦は玄関先でいきなり怒り出した。

「解剖とはどういう了見だあっ」

「大声上げても意味ないスよ。警察の決定事項にはたとえご遺族であっても従ってもらいます」

「だからといって、わしたちの目の前で息子をかっ攫《さら》っていくつもりか」

騒ぎを聞きつけて益美も車椅子でやってきた。

そこから先の展開は思い出したくもない。古手川と水口夫婦が小競り合いを繰り広げる中、真琴たちは随行した警官とともに琢郎の死体を搬送し始めた。

さすがに母親の勘が働いたらしく、死体を搬出する際に気づかれた。しかし益美は自在に動くことが叶わず、仙彦は古手川の相手で対処ができない。結局、夫婦の手から強奪するかたちで遺体を法医学教室へ運ぶ始末となった。

「でも、やっぱり罪悪感があります」

法医学教室に向かう車中、真琴はハンドルを握る古手川に話し掛けた。水口夫婦の激昂を思い出す度、自分たちの正当性を確認したかった。

「死亡事故に疑念が生じたのは確かだけど、転倒時に他の要因が働いた可能性は無視できない。解剖して何も出なかったら、あの夫婦を辛い目に遭わせただけになります」

応えたのは後部座席のキャシーだった。

「今更ですね、真琴。もう、そんなアンビバレントとは決別したと思っていました」

真琴は親しい友人の解剖にさえ踏み切ったではありませんか」

「でも、目の前であぁも騒がれると……ふた親とも搬送車を追跡しかねない勢いでしたよ」

「せめて文句は聞くべきだというのですか」

「時間をかけて説得するという選択肢もあったと思うんです。事件性を疑うと遺族の意思を無視して解剖を急ぐケースが少なくないけど、こんなことを続けていたら司法解剖に対する信頼がどんどん薄らいでいくみたいで」

「ナンセンスですね」

キャシーは容赦なく一刀両断してくれた。

「法医学に対する信頼は遺族感情に阿《おもね》ることではありません。死因を究明し、犯罪や事故の撲滅に努め、臨床医学にフィードバックすることです」

司法解剖の意義はキャシーに説明されるまでもなく重々承知している。しかし承知するのと納得するのとは別だ。頭で理解していながら感情が拒否しても不思議ではない。司法解剖はいつでも倫理と感情のせめぎ合いだ。

「相手を間違えているのですよ」

「え」

「遺族の声よりも先に、ワタシたちは死者の声に耳を傾けるべきなのです。生きている人間は放っておいても向こうから喋ります。でも死者はワタシたちが耳を澄ませないと、ひと言も語ってくれないのですよ」

法医学教室に到着した真琴とキャシーは、すぐさま死体を解剖室へ運ぶ。既に光崎には連絡済みで、準備が整い次第メスを握る手筈になっている。

「最近よく思うけど、真琴先生もキャシー先生も立派な兵隊だよな」

二人がきびきび動き回るのを眺めて、古手川は感心したように呟く。

「何なんですか、その兵隊って」

「よく訓練されていて、光崎先生の命令一下、無駄のない動きをする。それって完全に軍隊だぞ」

「いけませんか」

「凄いと思ってる。無駄な動きがないのは、考えるより先に身体が次にするべき行動を憶えているからだろ」

指摘されて腑に落ちることがある。どんな悩みや不満を抱えていても、解剖の手順通りに動いていると不思議に落ち着く。光崎の指示に従っていると、思考の夾雑物《きょうざつぶつ》が取り払われるような解放感に満たされる。訓練された兵士というのも、あながち的外れな比喩ではないのかもしれない。

決められた時間内で決められた場所に決められた器具を配置するのは気持ちがいい。聞いた話では自衛官も似たような傾向になるという。してみれば、やはり自分も訓練された人間の一人なのだと思える。

自虐ではなく、誇りを持って。

やがて準備が整うと、解剖室のドアを開けて司令官が登場する。

小柄だが背丈は関係ない。全身から発散される威圧感が周囲の空気を張り詰めさせ、解剖台に一歩近づく度に真琴を緊張させる。

老体のどこにそんな力が潜んでいるのか、光崎は死体の表面を一瞥した後、上半身を起こして背中の状態を確認する。カメラを持ったキャシーは光崎の視線をなぞるように体表面を撮影していく。

死体には無数の痣《あざ》と擦過傷が残っていた。アスファルトの坂道を何度も転がってついた傷痕だ。その数の多さから受けた衝撃の度合いが分かる。だが本人は痛みを感じる暇もなかったはずだ。無数の擦過傷を拵《こしら》える最中、頭部に致命的な損傷を受けている。

色をなくした肌に無数の変色した傷が浮かんでいるのは決して健康的には見えない。しかし視線を頭部に転じると、その斑《まだら》模様の体表面ですら健康的に思えてくる。柘榴のようなという表現は古めかしいが、実物を目の当たりにすると適切な比喩と感心するしかない。頭頂部から側頭部にかけて頭蓋がぱっくりと開いている。救急センターの担当医が修復したのだろうが、所詮は応急処置だ。こぼれ出た脳漿の一部が乾ききり、本来は半透明に近い薄茶色が濃いピンク色に変わっている。おそらく血が混じっているからだろう。

体表面の目視を終えた光崎は死体を元に戻し、改めて見下ろす。

「では始める。死体は三十代男性。体格良好。表面には多数の打撲痕と擦過傷が認められる。死斑は背面に強く、溢血点《いっけつてん》が混在。右上腕部は屈曲。何らかの外圧によるものと見られる。メス」

メスを手に取った瞬間、光崎は司令官から前線の隊長に変貌《へんぼう》する。刃先に意志が宿り、死体の皮膚を正確無比に刻んでいく。

光崎のメスは最初に頭部に向かう。間に合わせに近い縫合痕《ほうごうこん》を丁寧に開き頭蓋をすっかり露出させると、でろりと変色した脳漿が溢れ出た。

ふとメスが動きを止め、代わりに光崎の指が裂傷の縁《ふち》をなぞる。

「頭部裂傷に生活反応は認められない」

そうだったのか、と真琴は合点する。致命傷であるはずの脳挫傷は死亡後に受けたものだ。言い換えるなら、アスファルトに叩きつけられる以前に本人は死んでいたことになる。

続いて光崎は胸部を切開する。メスが描いた細い線の中に両手を突っ込み、思いきり左右に開く。辺《あた》りの空気を歪めてしまいそうな臭気とともに現れたのは、数本が折れた肋骨と血溜まりの中に沈む臓器群だ。折れた肋骨も腹腔内出血も衝撃による内臓破裂が原因に違いない。

臓器摘出に邪魔な血液を丹念に抜き取っていく。抜いた血液はシリンダー容器に保管して、一部を検査に回す。

だが血液検査をするまでもなかった。

光崎の視線が一つの臓器に注《そそ》がれ、わずかな躊躇《ちゅうちょ》もなく摘出される。

肝臓だった。

死後二日以上は経過しているので臓器が変色するのは当然だが、しかし通常の変色具合ではない。異常なほど黒くなっているのだ。

「肝臓に割《かつ》を入れる」

肝臓を切断して開いてみると、内部は更にどす黒い。明らかに健康状態の肝臓ではなかった。

真琴はステンレスの皿に肝臓を受け取り、慎重に内壁を切除していく。

その後、相次いで他の消化器官を調べてみたが、肝臓以外に然《さ》したる異常は見当たらない。病巣は十中八九肝臓に相違なかった。

「変色の原因は毒物による作用と考えられる」

　組織を切除した真琴に向けて、光崎の声が飛ぶ。

「肝臓に蓄積されているから、血液への混入ではなく経口投与の可能性が高い。刺激性は小さく、褐色で水溶性。おそらく殺虫剤の一種だろう」

　閉腹後に肝臓から切除した組織を薬物分析すると、光崎の指摘した通り毒物が検出された。やはり農薬の一種であり、それ単体では毒性が小さいものの、肥料との混合で効力を倍加させる性質を有していたのだ。


　解剖結果を知った古手川は真琴を伴って水口家を再訪した。しかし遺体を返却する旨を伝えても、夫婦の顔はわずかも綻《ほころ》ばない。

「どうしました。やっと息子さんを荼毘に付せるんですよ」

　仙彦はひどく不貞腐《ふてくさ》れていた。

「……解剖で身体のあちこちを切られ、腑分けされたんだろう。あんな大怪我を負った上に、いいようにオモチャにされたんだ。不憫でならん」

「ずいぶんな言われ方だけど、内容は間違っちゃいないな。ええ、身体のあちこちを切り刻み、徹底的に臓器を調べてくれたみたいです。それでやっとあなたたちが火葬を急いだ理由が分かった。体内から農薬を検出されるのが怖かったんだろ」

　古手川の説明が始まるのと同時に、真琴はそっと中座した。向かう先は母屋の横に建つ農機具小屋。最初に訪れた際、古手川が目をつけていたものらしい。

　期待通り、小屋には施錠がされていなかった。敷地内に建てられたものであり、盗まれても実害のない物ばかり置いているからだろう。

　内部は割に整頓されていた。農機具は壁に立て掛けられ、農薬の類は整然と棚に並んでいる。物色していると、あまり時間も要せず目的のものが見つかった。真琴はポリ袋の中に獲物を仕舞い、古手川の許に取って返す。

「動機は最初からはっきりしている。災害で生じた借金を息子の死亡保険金で返済するためだ。ところが生命保険に加入したのは去年だから、自殺では免責事項に引っ掛かって保険金は下りない。あからさまな殺人だと、まず自分たちが疑われて藪蛇《やぶへび》になっちまう。あなたたちは事故に見せかけて殺すしかなかった」

　一拍置いたのを合図に、真琴はポリ袋を差し出す。古手川が中から取り出したのは農薬の入った容器だった。

「水口さんはイチゴ栽培で生計を立てているんでしたね」

「ああ、そう説明したはずだ」

「イチゴ栽培にとってアブラムシというのは天敵なんですってね」

「春と秋に大量発生する。イチゴは年間を通して育てるから、年に二回は駆除しなきゃならん」

「それでこの界隈のイチゴ農家はやむなく農薬を使っている。無農薬を目指している農家もあるけどアブラムシ以外にもミカンキイロアザミウマという害虫は化学農薬でしか退治できないから、結局は農薬頼りになる。その代表的な薬剤がこれらしいですね」

　古手川が得意げに容器のラベルを指す。

「顆粒《かりゅう》水和剤、アミノキナゾリン系。褐色水和性細粒で有機リン剤でも感受性の低かった害虫にも効果を発揮する。大量に経口摂取した場合ヒトにも有害だけど、肥料と混合すると威力倍増になる。で、こいつとまるで同じ毒物が死体の肝臓から検出された。誤飲・誤食の類じゃ決して摂取できないほどの量でだ」

　水口夫婦はもうひと声も発しない。絶望にくすんだ目を古手川に向けるだけだ。

「当然、坂道で発生した自損事故は偽装だ。水口さん、あなたは息子がバイクを乗り回しているのを悪し様に罵っていたけど、あなた自身が中型自動二輪の免許を取得していたよな」

　調べればすぐに判明することだ。仙彦は口を噤んだままでいる。

「今から話す推測が違っていたら教えてください。まずあなたは琢郎さんを農薬で毒殺し、死体とバイクを軽トラで坂道まで運んだ。あなたがバイクを駆り、現場となったヘアピンカーブでわざとバイクを転倒させてタイヤ痕を残す。その後、軽トラの荷台に死体を載せたままバックで坂道を下りる。そしてヘアピンカーブの終了地点で急ブレーキを掛ける。遠心力で死体は荷台から飛び出し、何度もアスファルトに叩きつけられる。身体中が傷だらけ、頭蓋は真っ二つ。傍目にはどうしたってカーブを曲がり切れなかった自損事故。軽トラのブレーキ痕は以前から残っていたタイヤ痕に紛れる。それでも解剖される危険性がゼロではないから、できる限り早く火葬しようとした」

やはり水口夫婦は口を開く気配がない。この場合の沈黙は肯定と考えてよさそうだった。

「息子さんの命は借金より軽かったんですか」

どうしても訊かずにはいられなかったのだろう。古手川は特段に必要とも思えない質問を浴びせる。古手川の過去を聞き知る真琴には分かる。古手川は今一度親子の情なるものを二人に問い質したいのだ。

やがて益美が独り言のように洩らし始めた。

「こおんな身体になると、頼りになるのは家族と子供だけだあ。だけど琢郎のヤツは毎日毎日遊び呆《ほう》けるだけで、ちっとも頼りにならん」

「だからカネを頼ったというんですか」

「カネは使い方さえ間違えなかったら裏切らんからね。借金も返さんとイチゴを育てられん。子供育てるよりイチゴ育てた方が楽だし、第一イチゴはカネになる。琢郎は一円も稼いでこない」

「あなたもご主人と共謀して息子を殺害したという解釈で構いませんか」

問われた益美はどこか茫洋《ぼうよう》とした様子だ。瞬間、真琴は彼女が認知症を患っているのではないかと疑ったくらいだ。

「共謀なんて人聞きの悪い。この身体を見てくださいよ。自分一人じゃ用を足すこともできないんですよ。息子を殺したり軽トラを運転したりなんて、そんな真似できっこないです」

そしてゆるゆると夫の方に向き直った。

「わたしはこの人から一方的に計画を教えられて、渋々黙っておっただけです」

「お前、何を言い出すんだ」

すぐに仙彦が目を剝《む》いた。

「農薬の原液を琢郎に服ませようと切り出したのは、お前じゃないか」

「嘘ですよ。このまま借金が返せなかったら親子三人が路頭に迷う。だけど琢郎一人が死ぬなら二人は生き残れるんだって、あんたが言い出したことじゃないの」

「馬鹿なことを言うなっ」

仙彦の怒りが今度は女房に向けられる。

「毒殺した後、死体をどんな風に偽装するか考えたのは確かにわしだ。しかし最初の最初にあいつを殺して楽になりたいと切り出したのはお前だ」

「刑事さんの前だからって、そんな嘘っぱちは通用しないよ」

「貴様、この」

とうとう二人は真琴たちの眼前で壮絶な罵り合いを始めた。苦し紛れの演技とでも高を括《くく》っていたのか最初は冷ややかに眺めていた古手川も、次第に手が出るようになった二人を見て止めに入った。

苦し紛れというよりも、この期に及んでといった方が適切だと思った。所詮は親子の情よりもカネを選んだ夫婦だ。我が身可愛さから土壇場《どたんば》で罪のなすり合いをしても意外ではない。

ただ空しいだけだった。

翌日、古手川は凝《こ》りもせず法医学教室に現れた。いったいこの男は神聖な教室を談話室か何かと勘違いしているのではないか。

文句の一つでも垂れてやろうかと思ったが、相手がひどく疲れた様子なのでやめにした。

「どうしたんですか。まさか今になって転倒実験の後遺症が出たんじゃないでしょうね」

「疲れた」

そう言って、古手川は手近にあった椅子にすとんと腰を下ろす。

「断っておきますけど、法医学教室は古手川さんの休憩室じゃありませんよ」

「真琴先生だって、あの二人の話を聞いていたらこうなる」

「まだ自白してないんですか」

「いや、あの後も証拠が出てきて、本人たちが否認する目はなくなったんだ」

古手川の説明によれば、仙彦の軽トラから琢郎の毛髪と皮膚片が採取されたのだという。それだけではない。仙彦の体表面には結構な数の擦過傷が残っていたらしい。

「自分でバイクを転倒させた時、やっぱり遠心力に身体を持っていかれてガードレールに激突してかすり傷を負ったんだ。まあ自業自得だよな。で、琢郎の食事に毒を持ったのも、バイク事故を偽装したのも仙彦の仕業。ここまでは本人たちも認めている。ところが殺人を持ち掛けたのはどっちかという話になると、未だに二人とも相手のせいだと言い張る」

「それ、送検に関わる重要事項なんですか」

「動機は死亡保険金で借金を返済することで間違いないから送検はできる。ただ、俺が納得いかない。自分が腑に落ちなかったら終わりじゃない」

「厄介な性格だこと」

「お互い様だろ。ああ、それから今回も光崎先生との接点は確認できなかった。仙彦も益美も光崎藤次郎なんて人は見たことも聞いたこともないと証言した」

「今回も空振り」

「でも犯罪を見過ごすのは回避できた。秩父署はぎりぎりのところで救われたって、小山内さんから電話があった」

終わってみれば古手川が身体を張った甲斐があったということだ。自殺願望の発露のような真似は金輪際《こんりんざい》やめてほしいと思うが、無駄にならなかったのはよしとするべきだろう。

真琴は諦め半分で溜息を吐く。

そこにキャシーがやってきた。珍しいことがあるもので、彼女は眉間《みけん》に深い縦皺《たてじわ》を作っている。

「ボスの様子が変です」

二人はぎょっとしてキャシーを見る。

「光崎先生がどうかしたのか」

「さっき尋ねられました。水口夫婦はどうして息子を殺したのかと。全てはカネのためと説明したら、とても複雑な顔をしました」

「そりゃあ、実子殺しの動機がカネだったら、光崎先生くらいのご老人は、ほぼ例外なく眉を顰めますって」

「Ｎｏ、古手川刑事。ワタシはそんなことを気に懸けているのではありません」

「だったら何が」

「ボスが今まで犯人が誰だとか、動機が何だとか気にしたことがありますか。ワタシが記憶している限り、そんな事例は皆無だったのですよ」

四　妊婦の声

1

暑いな、クソ。

いっそ熱中症で百人くらい死んじまえ。

額から滝のように流れる汗を拭いながら、笠置《かさおき》は内心で悪態を吐く。八月に入って日中気温は更に上昇し、体温以上を記録する日も珍しくなくなってきた。こんな日に外回りに行けと命じる会社は殺人罪か何かで起訴されるべきだ。

暑いんだよ、ホントに。

今にも溶け出しそうなアスファルトからは盛大に陽炎が立ち上り、駅前の街並みを歪めている。そう言えば同僚でインド人のルドラは「こんな暑い日にカレーなんて食えませんよ」と素麵《そうめん》を啜《すす》っていたではないか。

インド人もびっくり、だ。

手垢どころかカビの生えたようなギャグを思い出して、笠置は自虐的に笑う。

西川口《にしかわぐち》の駅を出てから日用品の売り込みにスーパーへと向かう。あそこの店長は不愛想だが、まだルート営業の気安さに助けられている。これが飛び込み営業なら職場放棄したいくらいだ。

元々、笠置は営業畑の人間ではなかった。商品企画の部署に籍を置いていたのだが、この春の異動でいきなり営業部行きを命じられたのだ。異動の理由は分かっている。商品企画の部署には笠置よりも優秀な外国人が数名いる。人員を配置し直すとなれば笠置が弾き出されるのは自然の成り行きだった。

俺がこんなクソ暑い日に外回りなんかさせられているのも、元はといえばあいつらのせいだ。チクショウめ。何だってウチの会社は外国人なんて雇い入れるんだ。従業員あっての会社だろうが。このまま外国人が増えたら日本のカイシャなんて言えなくなるぞ。

ここは県内でも一番外国人の多い西川口だ。中国人、フィリピン人、ベトナム人、韓国人、ブラジル人。殊に幅を利かせているのが中国人で、西川口の一画にはリトルチャイナまで形成している。店の看板には繁体字《はんたいじ》と簡体字《かんたいじ》が躍り、辺りは味覇《ウエイバー》や八角《はっかく》の香りが充満している。ここが日本とは到底思えない。

往来を見ても外国人が溢れ返っている。ドン・キホーテの店先で化粧品を爆買いしている中年女は間違いなく中国人、ＡｎＡｎショップの前に屯《たむろ》している娘たちはおそらく全員ベトナム人、今笠置の前を横切っていった保育園児はブラジル人の子供だろう。

ああ、嫌だ嫌だ嫌だ。あいつら特有の体臭で反吐《へど》が出そうになる。耳障りな言葉、読めない文字、異様な臭い、露出の多い服、みんなみんな虫唾《むしず》が走る。

こいつらがいるから西川口は風紀が乱れているとか言われる。道路にもゴミが目立ち、この間なんて路肩に使用済みのコンドームが捨ててあった。

暑さや嫌悪感は人から良識を削り取っていく。笠置がどうしようもなく差別感情に囚われていると、前方を歩いていたタイトスカートの女が左右に揺れ始めた。

何だ、この女。昼日中、往来で踊り出すつもりか。

触らぬ神に祟《たた》りなしとばかり、笠置は女から距離を取る。すると女は立ち止まり、車道に背を向けてうずくまってしまった。それで女が若いフィリピン人であるのが分かった。

そしてうずくまったフィリピン人の女はいきなり嘔吐《おうと》した。黄色い流動物を間歇《かんけつ》的に吐き出し、合間にげほげほと咳《しわぶ》いている。

全く。深夜の歩道でこっそり吐くならいざ知らず、今は真昼間だぞ。お前らにはその程度の慎《つつし》みもないのか。

あまりの醜悪《しゅうあく》さに、そのまま回り込んで通り過ぎようとした時だった。

彼女の足元から赤い液体が流れているのを見て、思わず足が止まった。

血だ。

流れ出した血は止まることなくアスファルトの上に広がり、すぐに小さな血溜まりとなる。

その瞬間、差別感情は彼方に吹っ飛んだ。

「だっ、大丈夫ですか」

介抱しようと彼女に駆け寄る。

だがその肩に触れようとした途端、彼女の身体はゆっくりと地面に倒れていった。

びしゃっ。

嘔吐物と血の池から飛沫《ひまつ》が跳ね上がる。

人を呼ぶのも119番通報するのも忘れ、笠置はその場でおろおろと狼狽《うろた》えるしかなかった。

やがてぞろぞろと人が集まってきた。そのほとんどが女性で、中国語やポルトガル語が飛び交う中、笠置は倒れたフィリピン人女の脇から押し退けられた。

しばらくして遠くからサイレンの音が聞こえてきた。

＊

『ガイジンは日本から出ていけーっ』

『ちゃんと税金を払えーっ』

『生活保護の資格なーしっ』

見苦しいったらない——テレビモニターに映るデモの光景を見て、真琴は短く嘆息する。国会前中継で嫌でも耳目《じもく》を集めるからだろうが、カメラの前でプラカードを掲げたりシュプレヒコールを上げたりと、派手なパフォーマンスを繰り広げている。実際に集まっているデモ隊はそれほど多くないのだろうが、こうして報道されてしまうとあたかも多くの国民が外国人を排斥しているような印象を与える。

いつからこんな風になってしまったのだろう、と思う。レイシストやネトウヨといった言葉が人口に膾炙《かいしや》されて久しい。今までも不良外国人による犯罪が明るみに出ると眉を顰める者はいたが、こんなにも組織だった動きはやはりここ数年の潮流だった。

彼らが外国人を嫌う理由が真琴にはよく分からない。彼らなりの理屈はあるのだろうが、どう聞いても牽強付会《けんきようふかい》の感を免れず、ただの気分を無理やり理論に仕立てているようにしか思えない。

はっきり分かるのは、誰が対象であっても排斥しようとする声はひどく暴力的で知性が感じられないことだ。声が暴力的で反知性だから、主張する内容まで眉唾に聞こえてくる。

真琴自身、差別感情が皆無とは思っていない。自分にも劣等感があり優越感もある。優越感が差別感情に転ぶのはほんの一瞬だ。しかし少なくとも外国人差別に関しては自覚すらしたことがない。肌の色や宗教に偏見を抱くものではないし、そもそも職場には奇天烈《きてれつ》な日本語を操るアメリカ人の同僚がいるのだ。興味深い対象ではあっても、嫌ったり遠ざけたりする理由など何もないではないか。

その紅毛碧眼《こうもうへきがん》の同僚を思い出し、慌ててテレビを消した。彼ら彼女らが見て愉快なニュースではない。

ところが間が悪かった。

画面が消えたのとほとんど同時に、キャシーが教室の中に入ってきた。

「おはようございます」

気まずさを押し隠すように挨拶を交わすが、キャシーの方は冷静に真琴を観察する。

「グッモーニン、真琴」

有無を言わさず真琴からリモコンを取り上げ、テレビをつける。画面では相変わらず外国人排斥のデモが繰り広げられていた。

ちらと内容を確認した後、キャシーはテレビを消してからこちらに向き直った。

「慌ててテレビを消したのは、ワタシに見せまいとしたのですか」

「いえ、あの」

「真琴は気にしなくてもいいですよ。どこの国にもあることです」

「わたしは」

先を続けようとしたが、キャシーに制された。

「真琴がレイシストでないことくらいは承知しています。不愉快なニュースをワタシに見せたくない配慮は有難いですが、あんなデモ、ワタシたちスパニッシュが本国のレイシストから受けていた仕打ちに比べたらレクリエーションみたいなものです。オフコース、不愉快であるのは確かなのですけどね」

アメリカという国は自由と平等を国是《こくぜ》のように謳《うた》いながら、未だに人種差別の問題が根強く残っている。本人から詳細を聞いたことはないが、キャシーが故国でどんな扱いを受けてきたかは、おぼろげながら想像できる。

「何ていうか……とても恥ずかしいです」

「真琴らしい答えですね。ただ、これは責める訳ではないのですが、真琴のようにフレンドリーな人はともかく、多くの日本人はワタシのようなエイリアン……日本語では友好的な異邦人ですか、そういう者たちに向ける目が同朋の日本人に向ける目と違っているのも確かです」

「そんなことはないと思いますけど」

「ワタシも日本の生活が長いので、肌で感じることもあるのです。バット、ヘイトのような感情ではなく、日本人と日本人以外という分け方をしていると思います。電車に乗っていてもワタシのへアや目をじろじろ見てくる人は今でもいます。悪意の感じられない視線なので、最初のうちは混乱したのですけどね」

キャシーを物珍しげに見た乗客の心理は、同じ日本人として理解できる。キャシーが指摘したように、日本人と日本人以外を区別する傾向は真琴にもあるからだ。

「日本が陸上に国境線を持たない国という事情も関係しているのかもしれませんが、日本人は日本人以外とのコンタクトが苦手なのではないかと思います。これはプライベートな対人関係にもあることとですが、コミュニケーション能力が不足している人間はエモーショナル（感情的）になるかフォーマリー（儀礼的）になるかに二分されるからです。日本人のガイジンに対する反応というのは、つまりそういうことではないかと考えています」

キャシーの考察は一面的なきらいがあるものの、日本人として思い当たるフシがあるので真琴は否定できなかった。

「レイシズムというのは表層的なものではなく、当事者が無意識のうちに抱えている場合も多いのです。しかしワタシは無意識に抱えているものまで非難するのは過剰だと思っています。ビコーズ、ワタシは日本人と日本人以外に区別されることに大きな拘《こだわ》りはありません。それにね、真琴。これは案外重要なことなのですが、日本人は宗教に対しては全くと言っていいほどレイシズムが存在しないのですよ。カルト宗教は別として、日本人は宗教に対して非常に大らかですね」

「いい加減だという説もありますよ。何しろ日本全体がクリスマスを祝う一方で、初詣《はつもうで》やお盆を生活に取り入れているんだから」

「それが大らかという意味です。ヒンズー教徒とイスラム教徒のカップルが成立し、尚且《か》つ周囲がそれを祝福できるなんて、ワタシの知る限り日本だけです。いい加減だというのなら、逆に日本人はそのいい加減さを誇っていいと思うのですよ。厳格さというのは、時として他人を攻撃する土壌にもなりかねませんから」

キャシーに言われて真琴は安堵する。

それで思いついた。

自分を含めて日本人は外国人との付き合い方が洗練されていない。理由は何となく見当がついている。陸上に国境線を持たず他国と接触する機会が少ないので、自分たちが他所《よそ》からどう見られているかに敏感過ぎるのではないか。ニュースやテレビ番組で外国の反応を窺う企画が多いのは、そうした小心さに起因しているのではないか。

「でも、最近は日本でも下品なヘイトスピーチや露骨な排斥運動が目立つようになりましたね。テレビやネットでヘイトを伝えない日はないくらいです」

一部の不心得者が騒いでいるだけで——と言いかけてやめた。仮に一部の人間の言動であったとしても、それをニュースに取り上げる時点で大ごとにしようとする何某《なにがし》かの意思が働いている。

「それでも真琴。ワタシはレイシストたちに対して一種の憐れみを持っているのです。これも見方を変えればヘイトなのかもしれませんけどね」

「憐れみというのは道徳的な意味で、ですか」

「それもありますが、現実的な意味でもあります。今、アメリカの大統領は一般教書演説でヘイトスピーチをするような人物ですが、彼を支持している白人至上主義者の大半はホワイト・トラッシュと呼ばれる層です。貧乏白人とでも訳すのでしょうか。経済的に恵まれないと精神もプアになりやすくなります。精神がプアになった者がレイシズムに走るのは仕方がないのかもしれません。自分が恵まれないのはあいつらのせいだ、と決めつけると人生が楽ですからね。レイシズムは論理ではなく感情の産物です。これはワタシの考えですが、レイシズムというのは経済的にも精神的にもプアな人々が求めるオアシスのようなものだと思うのです」

自身が人種差別の被害者であるためか、キャシーの言葉はいつものユーモアが影を潜《ひそ》め舌鋒《ぜっぽう》の鋭さが際立っている。これは虐げられた者だけが知り得る怒りゆえのものだろう。

「国が違っても、レイシズムの構造はどこも似たようなものです。非常に意地の悪い見方ですが、日本でレイシズムが台頭してくるのは貧困層が拡大しているせいかもしれません。古代中国の諺にもありますよね。『衣食足りて礼節を知る』。畏《おそ》れ多くも昔の日本人はレイシズムの真理を見抜いていたのですよ」

最後はいつものキャシーらしい物言いだったので、ほっとした。

いや、ほっとしてはいけないのかもしれないと考え直す。差別の問題は広く、そして深い。キャシーは擁護してくれるが、この国にも差別は存在し、教育や文化、そして医療の分野にじわじわと侵食しているのが現実だ。殊に医療の分野については他人事《ひとごと》ではなく、国籍の相違が治療レベルの差に結びついている――と、そこまで考えた時、教室のドアを開けた者がいた。

「お二人ともお揃いで」

現れたのは人種差別とは無縁ながら、人を犯罪者か犯罪者でないかの二分法で区別しているような古手川だった。

今まで陰鬱気味だったキャシーの顔が俄に輝き出す。

「古手川刑事がやってきたということは、検案要請ですよね」

「俺は死体込みでないと出入りができないんですか」

古手川は不満そうに唇を尖らせるが、キャシーは何を今更という顔で頷いている。

「刑事が法医学教室に出入りするのに、死体以外の用件があるのですか。それとも古手川刑事は何かプライベートでここを訪れる必要があるのでしょうか」

キャシーは返事に窮した古手川を見てにやにや笑っているから、これはもうからかい以外の何物でもない。

「死体に関する相談には間違いないんスけど、検案要請にできるかどうかは努力次第ですね」

手近にあった椅子に落ち着くと、古手川は本日午前中に発生した案件について話し始めた。

午前十時頃、川口市西川口駅前の路上で一人のフィリピン人女性が行き倒れた。女性の身元はステファニー・ガルシア・アンドラダ二十八歳。日本には就労ビザで滞在している。目撃者の話によれば、駅前を歩いていたステファニーがいきなり嘔吐し、うずくまったかと思うとそのまま倒れたのだという。

「救急車が駆けつけたんですが、病院への搬送途中で死亡が確認されたんです」

「死因は何だったのですか、古手川刑事」

「それが……川口署では熱中症として処理したんです。本日の気温は37度、ふらつきと嘔吐は熱中症の典型的な症状だと。加えて被害者は大量の出血をしているんだけど、これについても生理中は熱中症になりやすいという理由で特段不審がられはしなかった」

「変ですね」

すかさず真琴は疑義を唱える。

「確かに月経中は水分を排出するから脱水症状が起きやすいんだけど……因みに出血はどれくらいの量だったんですか」

「アスファルトの上に小さな血溜まりができていたらしい」

思わず真琴はキャシーと顔を見合わせる。いくら異性とはいえ、生理に対してこれほど認識不足だったとは呆れて物も言えない。

「古手川さん。詳しいメカニズムは割愛するけど、熱中症が重なったとしても一回の生理でそんな量の出血があるのは異常ですよ」

「そうなのか」

「毎回そんな出血していたら閉経してない女性は全員輸血が必要になります」

「古手川刑事。あなた、今までステディな彼女がいなかったのですか」

「いや、あの」

「川口署も川口署です。そんな状態の死体を熱中症として処理するなんて。川口署というのは揃いも揃って」

「キャシー先生、川口署が病死として処理したのには別の理由があるんですよ」

「どんな理由ですか」

「死んだステファニーが身寄りのない外国人だからですよ」

「Ｗｈａｔ？」

「身寄りのない外国人の解剖に充てる費用はない。だから事件性なしで済まそうとしている」

瞬間、真琴は言葉を失う。

キャシーと人種差別について語り合っていた直後にこれか。間の悪さなら古手川も自分といい勝負だ。

案の定、キャシーの表情が一変した。

「とうとう日本の警察もレイシズムに汚染されてしまいましたか。見過ごすことができない話です」

古手川は困惑顔だが、今回は真琴も擁護し辛《づら》い。古手川の責任ではないが、警察組織の一員としてキャシーから非難を浴びても仕方のない状況だ。

「ただ費用がないという理由で異状死体全てを解剖できないというのならともかく、人種で優先順位をつけているというのは紛れもないレイシズムです」

「ええと」

　古手川は尚も困ったように頭を掻く。

「別に川口署の対応を庇《かば》うつもりは毛頭ないんスけどね。川口署というか川口市が在留外国人の扱いに困っているのは事実らしいんです。県内で外国人の数が一番多いのは川口市で確か三万八千人以上。それだけ多くなるとどうしたって出身国のカラーが強くなって元々住んでいた日本人とのトラブルが増えるし、不良たちは徒党を組むようになる」

「つまり犯罪予備軍だから、いなくなった方が治安に役立つという理屈ですね」

「そこまで言ってませんよ」

「言っているのと同じです。ガイジンが増えたから犯罪も増えたというのは、因果関係を無視したデマゴギーです」

　キャシーの声は決して荒くなることはないが、淡々とした口調が却って憤怒《ふんぬ》の激しさを物語っている。

「遺体は今、どこに安置されていますか」

「川口署です」

「ワタシを連れて行ってください。その異状死体、必ず解剖したいです」

「お連れするのは一向に構いませんけど」

「支度するので待っていてください」

そう言ってキャシーは奥に引っ込んだが、その瞬間古手川にしてやったりの表情が浮かんだのを真琴は見逃さなかった。

「古手川さん」

「何だよ」

「キャシー先生を挑発したでしょ、今の」

「挑発も何も、川口署が病死で処理しようとしているのは事実だし、外国人だから解剖費用を捻出しづらいというのも処理に当たった刑事のオフレコだよ。嘘は一つも吐いてない」

「真実かどうかじゃなくて、わざとキャシー先生の倫理観を逆撫でするような言い方をしたじゃないですか」

「あのさ」

古手川の声は既に弁解口調だった。

「キャシー先生が俺ごときに操縦できるなんて、本気で思ってるのかい」

「現にしたじゃないですか」

「俺の思惑なんてとっくに気づいているよ、あの先生は。ただ俺の挑発に乗った方が、川口署に乗り込む理由にしやすい。自発的に義憤に駆られた、なんて言ったら下手すりゃ職権濫用だ。だけど警察官から人種差別めいた話を聞いたってんなら、キャシー先生が怒鳴り込んでも無理はないってことになる」

「……そんな高等技術、いつ習得したんですか」

「門前の小僧習わぬ経を読むってヤツさ。狡猾《こうかつ》な上司の下で働いていると、そういう手管《てくだ》は自然と覚えちまう」

「わたしも同行します。古手川さんと義憤に駆られたキャシー先生じゃ、どちらもブレーキ役になりません」

古手川は半ば呆れたようにこちらを軽く睨む。

「真琴先生だってブレーキ役にはならないと思うけどな」

結局は三人で川口署に向かうことになった。

哀《あわ》れ三人の餌食《えじき》になったのは、川口署生活安全課の柊《ひいらぎ》という刑事だった。

「生理の出血にしては量が多すぎるのではないかというのは検視官も指摘していましたね。ただし生理中に熱中症に罹《かか》った事例は報告が少なく、異常な出血も可能性は皆無でない、とも言ってました」

「それが病死と判断した根拠ですか」

キャシーは平静な口調で食ってかかる。

「少しでも異状死の可能性があるのなら司法解剖に回すなり、あるいは法医学教室に検案要請をするのがセオリーではありませんか」

「あなた法医学教室の先生ですよね。大学側から検案要請を無理強いするなんて越権行為じゃありませんか」

「こちらの越権行為を詰《なじ》る前に、そちらのサボタージュを恥じるべきです。そうした怠慢が多くの犯罪を未解決にしているのですよ」

「この先生に何か言ってやってくれませんか、古手川さん」

恨めしげな視線を送られた古手川は、ひどく困った様子だった。真琴には分かる。この男は相手の反発や傲慢《ごうまん》に強い一方、脆弱《ぜいじゃく》さを見せられると同情してしまう一面を持っている。その相手が同じ警察官なら尚更だろう。

「でも柊さん。キャシー先生の言ってることは正論ですよ。で、この人を納得させるには、やっぱり正論で返さないと無理っス」

「あんただって、いや本部勤めのあんただからこそ県警の解剖予算がぎりぎりなのを知っているだろう」

「だから、それは正論じゃなくて現実論なんですって。明け透けに言っちゃうと、カネがないから犯罪を見逃すって話になる。そういう情けない話、この紅毛碧眼の先生に打ち明けますか」

「最近、ワタシはインスタグラムというものを始めました」

キャシーは懐からスマートフォンを取り出し、柊の眼前に翳《かざ》してみせる。

「日本警察の実態というタグをつけてネットに拡散したら、興味深い反応が返ってくるかもしれません」

露骨な脅しだったが、柊は動揺を隠しきれなかった。すぐに片手をスマートフォンの前に突き出し、撮影不許可の態度を示す。

「冗談でも、そういうことはやめてください」

「ジョークだと思うのなら、そう思っていてください」

キャシーは底意地の悪そうな笑みを浮かべる。これが演技ならアカデミー賞ものだと思ったが、おそらく半分以上は本気だろう。

「取りあえず本人の素性やひと通りの背後関係は洗っている。その結果を踏まえた上での事件性なしなんです」

柊は防戦一方であり、見ている真琴はだんだん同情を覚えてきた。

「ステファニー・ガルシア・アンドラダは三年前に来日しています。勤務先は西川口のフィリピン・パブ。独身で寮住まい、目立つ財産はなし。人当たりがよく、勤務先ではトラブルらしいトラブルもなし。つまりカネの線も怨恨の線もなし」

動機が見当たらないから事件性なしというのはいささか早計かもしれないが、それなりに説得力はある。川口署も無理に事件を揉み消すような真似はしなかったという最低限の弁明だった。

しかし法医学に携わる者の立場としては、死亡時の異状に目を瞑《つむ》る訳にはいかない。

思いを代弁してくれたのは古手川だった。

「死体を見せてください」

「見せたら納得してくれますか」

「それは何とも。しかし見せなかったら、この二人の先生は絶対に納得してくれませんよ。殊にこのキャシーという先生は徹頭徹尾論理的だから、県警の予算の都合なんか知ったこっちゃないって」

「あー、分かりました分かりました」

柊はもう聞きたくないという体で片手を突き出す。

「法医学教室の先生に死体を見せるだけなら許可も要りません。ついてきてください」

柊の先導で三人は霊安室へと向かう。今更ながら思うが、どこの警察署も霊安室とそこへの通路は殺風景《さっぷうけい》極まりない。中には資料室か資材置き場かと見紛《みまご》うような場所も散見される。せめてもう少し死者に対する敬虔《けいけん》さをかたちにしてほしいと思うものの、これも予算の都合と答えられるのは目に見えており、虚《むな》しさは募るばかりだ。

「どうぞ」

促《うなが》されて三人は霊安室に足を踏み入れる。

真琴とキャシーがシーツを剝《は》がすと、ステファニーの死体はまだ生前の色を保っていた。顔の彫りが深く、アジア系よりはラテン系を思わせる。

二人は手順に従って死体の表面を具《つぶさ》に観察し、不審点を探る。問題の出血はやはり膣《ちつ》からのものであり、女なら嗅ぎ慣れた月経血特有の臭いが鼻腔を突いた。

「検視時に、ちゃんと薬物スクリーニング検査をしています」

どこまでも弁解口調で柊は説明する。

薬物スクリーニング検査は、膀胱《ぼうこう》内の尿を採取して薬物反応を確認するものだ。多くは〈トライエージ〉という検査キットを用い、睡眠薬・覚醒剤・大麻など、乱用薬物を検出するために行われる。

しかしこの〈トライエージ〉は青酸カリなどの毒物を特定させるものではない。つまり自殺や他殺で毒物が使用されても、このキットでは判別不能という短所を内包している。

目を皿のようにして観察してみるが、外傷らしきものはどこにも見当たらない。内臓疾患に起因する充血や浮腫《むく》みも認められない。目配せすると、キャシーも収穫なしと首を振る。

体表面に異状がなければ良し——ではなく、法医学者の視線は内部へと移る。

「やはり解剖が必要です」

キャシーはそう結論づけた。

「しかしですねー、親族がいないから承諾解剖もできない、事件性が認められないから司法解剖も無理。もちろん無駄な解剖に回せる費用もなし。いったいどうするというんですか」

「事件性があれば解剖要請を出してくれますか」

古手川が挑むように割り込んできた。

「病死と処理しようとしたのは川口署です。もし再捜査の結果、前提が覆《くつがえ》ったら県警本部が指揮するより、川口署が仕切り直した方が外聞良かないですか」

束の間、柊は古手川を睨んでいたが、やがて拗ねるように顔を背けた。

「まあ、所轄の失点をネットに拡散されるよりはマシでしょうね」

2

悪条件が重なる中、たった一つ真琴たちに有利なのはステファニーに親族がおらず、遺体の引き取りも葬儀も急《せ》かされていない点だった。とはいえ、いつまでも霊安室に安置しておく訳にもいかず、いずれは川口署の判断で火葬されてしまう。死して尚、ステファニーには安住の地がなかった。

キャシーを法医学教室に残し、真琴は古手川とともにステファニーが働いていたというフィリピン・パブへと向かっていた。

「だから、どうしてわたしが古手川さんに同行しなきゃいけないんですか」

「何やらご不満の様子で」

「当たり前です。わたしは医師であってお巡りさんじゃありません」

「キャシー先生は犯罪捜査にえらく前向きなんだけど」

あれは前向きではなく前のめりと表現した方がいいのではないか。

「キャシー先生の場合はアメリカ本国の検死制度が念頭にあるからです。向こうの検死官は捜査官の一員ですし」

「犯行現場に向かう。証言者から話を聞く。死体に隠された真実を探る。犯人の嘘を暴く。これって今まで真琴先生がやってきたことだぜ。俺たちとどこが違うのさ」

「それは古手川さんがわたしを巻き込むものだから」

「人のせいにするなよ。全部司法解剖に持ち込もうとして必要な手順を踏んだだけじゃないか」

「古手川さんは犯人逮捕のために走り回った。わたしは司法解剖のために動いた。結果的に向かう方向が重なっただけです」

「だからさ。目的が違っていたとしてもしている作業が同じなら、真琴先生も刑事並みの仕事をこなして、且つ実績を挙げているってことさ。実際、最近じゃウチの班長も光崎先生と同じくらい真琴先生の名前を出してるし」

「やめてー」

　埼玉県警にその人ありと謳われた人物に名前を憶えられて悪い気はしないが、反面その人物が県警きっての横紙破りとなれば喜んでばかりもいられない。何となれば真琴も横紙破りに加担した一人として数えられるからだ。

「やめてと言われてもなあ。捜査一課の中には、浦和医大法医学教室は渡瀬班直轄の組織みたいに思ってるヤツもいるくらいで」

「だからやめてー」

「さっきキャシー先生の話が出たから聞くけど、もしキャシー先生が俺と同行していたらどうなると思う。普段でもセーブしきれない人だぞ。外国人労働者の不当な扱いを目の当たりにしたら、絶対にひと悶着起こす。下手したら明日の朝刊に載るかもしれない。浦和医大の同僚として、それは許容範囲か」

「……わたしでいいです」

ステファニーの勤めていたフィリピン・パブ〈ローズ・ピンク〉は西川口駅から南へクルマで十分、巷《ちまた》でリトル・マニラと称される界隈《かいわい》の一角にあった。

そろそろ陽が傾き始め、店のネオン看板は早く点灯してくれとせがんでいるように見える。開店準備中なのだろうが、はや店の中からは淡く妖《あや》しい光が洩れている。

「この時間に来られて助かった。いったん開店しちまうと、刑事だと名乗ってもなかなか相手にしてくれないんだ」

「お客さん。こういうところ慣れてるの？」

「……頼むから似合わんギャグはやめてくれ。風営法の絡みで警察官を天敵みたいに思っている従業員が少なくないし、書き入れ時に顔出したってウザがられるだけだ。到底協力してくれるような雰囲気じゃない」

古手川に続いて真琴も店内に足を踏み入れる。中では二人のフィリピン人女性が開店準備の最中だった。

「スミマセン。マダ開店シテマセン」

「いや、客じゃないんです。ステファニーさんの件で伺った警察の者です」

古手川が身分を明かした途端、彼女たちの表情が硬くなった。

「店長、呼ンデキマス」

一人が奥に消え、残った一人が逃げ場を失った小動物のように困惑している。

「名前は」

「マリエル、デス」

「あなたやお店に迷惑をかけるつもりはないんです。ステファニーさんのことを教えてほしくて」

「ワタシハ何モ。ステファニーハ暑過ギテ熱中症デ死ンダト聞キマシタ」

「それを確かめる捜査です。もし熱中症じゃなかったとしたらどうですか」

「ステファニー、イイ娘《コ》デシタ。誰トモ喧嘩シタコトアリマセン。他ノ刑事サンニモソウ言イマシタ」

「どんなにいい人でも、本人の知らない間に恨まれたり憎まれたりするものです。こういうお店では人気のある娘は、他の娘から嫌われるんじゃないですか」

するとマリエルはとんでもないというように首を横に振った。

「イイエ、ステファニー、ソンナニオ客サンイマセンデシタ。モット若イ娘、美人、他ニイマスカラ」

「では、逆にステファニーさんが他の女の子やお客さんを恨んだり憎んだりというのはなかったですか」

マリエルは少し考えてから、再度首を振った。

「ステファニー、諦メガイイ娘。嫉妬《シット》トカ恨ンダリシマセンデシタ」

店でトラブルを起こさなかったというのは、そういう事情だったのか。真琴は納得すると同時に少し侘《わび》しい感情に囚われる。就労ビザで来日したものの、店では自分よりも若かったり美しかったりする娘に客と居場所を取られ、それでもここにしがみついていなければ生活できなかったのだ。

不意に古手川が声を潜めた。

「ここのお仕事、キツくないですか。働いている時間が長いとか、休憩時間がないとか、お給料が安いとか、お客さんとの話以外の仕事を命令されるとか」

マリエルが口を開きかけた時だった。

「刑事さあん、勘弁してくださいよ。ウチは違法営業なんてしてませんって」

奥から小走りでやってきたのは四十がらみの男だった。髪をびっしりと後ろに撫でつけているのはいいが、ずいぶん腹がたっぷりしているのでダンディとは言いかねた。

「マネージャーの久坂部《くさかべ》と言います。ステファニーちゃんのことでお調べになっているとか」

古手川が警察手帳を提示すると、久坂部は意外そうに目を見張った。

「県警本部の捜査一課。あの、ステファニーちゃんは熱中症で行き倒れたと聞きましたが」

「あくまで確認だと思ってください」

「でも県警の刑事部が乗り込んでくるのは凶悪事件と相場が決まっているでしょう」

「いやあ、所轄の手が足りない時には応援に駆けつけるのもよくあることでしてね」

「そんなものですか」

久坂部は半信半疑の体で古手川を見る。キャシーほどには役者になりきれないのが、いかにも古手川らしかった。

　久坂部は二人を奥の部屋へと案内する。

　部屋へ入った途端、香水の匂いに襲われた。単独では芳香であっても複数が混じり合えば刺激臭にもなりかねない。未体験の匂いではないものの、真琴は顰め面を堪えるのに精一杯だった。

　控室なのかこぢんまりとしたロッカーとテーブル、化粧台と姿見が所狭しと置いてある。

「折角足を運んでいただいたのですが、刑事さんが喜ぶような情報は提供できそうにありませんねえ」

「ステファニーさんは憎まれたり憎んだりといったことがなかったそうですね」

「気立てのいい娘で、まあ綺麗でもあったけど、店でナンバーワンという訳じゃなかったから。際立った長所がないとトラブルも起きんのですわ」

「健康面で心配はなかったですか」

「大きな病気をしたというのは聞いたことがありませんね。最近、胃もたれがすると訴えたので胃薬をあげたんですが、まあその程度で。だから熱中症で行き倒れたと聞いた時には、まさかと思ったんですよ」

「独身だったそうですが、特定の相手はいたんですか」

　久坂部は首を傾げてみせる。

「どうでしょうねえ。女の子のプライベートには立ち入らないようにしていますけど、少なくともわたしは知りませんね」

「本人は就労ビザで滞在していたようですね。就労で何か問題は生じませんでしたか」

「先ほどの質問に戻りましたか。この辺一帯はフィリピン・パブの激戦区なんですが、ウチは比較的古くから営業させてもらっているお蔭で固定客がいるんです。だから客引きする必要もないし、明朗健全な営業スタイルを維持することもできるし、刑事さんが想像するようなひどい労働条件なんて有り得ません。福利厚生も充実していますしね。何なら女の子に聞いてもらってもいい」

久坂部の言葉が次第に尖ってきた。

「大体、熱中症で倒れて、川口署も病死で処理したと聞きました。それをどうして本部の刑事さんが後から掘り返すような真似をしているのか。さっぱり理解できません。何か事件性を疑うような証拠でもあるんですか」

証拠を問われれば返答に窮する。今度は古手川が困ったように頭を掻き始めた。

「捜査情報ですのでお答えできません」

「あまり大ごとにしないでくださいよ。それでなくてもステファニーちゃんが死んで、女の子たちがえらく動揺しているんですから」

「ステファニーさんの親族には連絡がついたんですか」

「まだ彼女が死んだと知らされてから半日しか経ってないんですよ」

「本人から連絡先は聞いていなかったんですか」

「特に必要もなかったので。後で女の子から聞くか、それで分からなければ本人のケータイを警察から預かるしかないかなあ」

　本人が所持していたスマートフォンは川口署の管理下にある。向こうの言葉が分かる者を同席させた上で、登録された内容を逐一拾う必要があるだろう。

「ここで働いている女性は寮住まいと聞きました」

「ええ、店の裏にアパートが建ってます。便利でしょ。ドア・トゥ・ドアで三分ですから」

「ステファニーさんの部屋を拝見しても？」

「うーん」

　久坂部はひとしきり唸る。いくら警察の要請とはいえ、死者のプライバシーをどこまで開示してもいいのか迷っている様子だ。

「オーナーに確認させてください」

　そして自分の携帯端末でオーナーなる人物とふた言み言相談した後、ステファニーの部屋に入る許可をくれた。

　ドア・トゥ・ドアで三分という触れ込みのアパートは確かに存在したが、それをもって福利厚生が充実しているとは到底言い難《がた》かった。おそらく昭和の時代に建築されたのだろう。壁はすっかり褪色《たいしょく》し、階段は鉄製、ベランダの手摺りは錆《さび》だらけで元の色が分からなかった。

　ステファニーの部屋は二階の一番端にある。久坂部から借りた合い鍵で中に入ると、西日に照らされて部屋の内部が朱に染まっていた。

　八畳一間の洋室にバス・トイレ・キッチン。部屋の真ん中に丸テーブルが鎮座し、一脚きりの椅子が寂しげに映る。壁にはカレンダーが一枚掛かっているきり。テーブルの上にはカタログと思《おぼ》しき小冊子が無造作に積まれており、その半分方はフィリピン語が躍っている。スナップ写真の類いが見当たらないのは、スマートフォンの中に収めているからだろうか。

「どう思う。真琴先生」

「わたしは刑事さんじゃありません。ただ、ちょっと寂しい雰囲気ですね。他人との接点が見えなくて」

「近頃の接点は大抵ＳＮＳだからな。部屋を覗いてもなかなか見えてこないんだよ」

倦み飽きたように言うと、古手川は部屋の隅にあったゴミ箱へ視線を向ける。

「ただしＳＮＳに投稿できないものは、こっち側に残っているんだよな」

古手川は手袋を塡《は》めてゴミ箱の中を漁《あさ》り始めた。真琴は一瞬腰が引けたが、死者のプライバシーが残っているというのは言い得て妙だとも感心する。

おそらく惣菜の入っていたプラスチック容器、ペットボトル、丸めたティッシュ、チラシ、綿棒、ＰＴＰ包装シート——そして古手川の指が箱を摘まみ上げた。

コンドームの箱だった。古手川が振ってみたが音はしなかった。

「特定の相手はいなかった。明朗健全な営業スタイルだったら売春もなかったはずだ。じゃあ、どうしてこんな物が空《から》になっている」

これこそ最大のプライバシーだと思ったが、古手川の疑問ももっともだった。管理売春の話は真琴も耳にしたことがある。そういう場合は売り手が避妊具を用意するのが通例だろう。言うなれば業務上必要な備品だ。

「特定の相手がいなかったのなら、不特定の相手と関係していたことになる。プライベートな関係でなかったとしたら、あのマネージャーが嘘を吐いていたことになる」

いずれにしても証言と合致しない状況が発生していたという訳だ。

「真琴先生、これ、何の薬が包装されていたか分かるか」

示された包装シートはプラスチックにアルミを貼りつけた至極普通の仕様だった。裏を返すと記号が記されている。

「さっきマネージャーが言っていた胃薬かな」

「さあ。記号だけでは分かりません」

「調べてみる価値はあるよな」

古手川は収穫したものをポリ袋の中に収めていく。

「刑事さんの仕事って、その、大変ですね」

「人の秘密を暴くんだからさ。泥臭くなるのは当然だよな」

泥臭く汚れた手。汚泥《おでい》の中から真実を掴むから泥臭く、そして汚れるのだろうと好意的に解釈した。

「考えてみれば真琴先生たちの仕事と似ているな。死体を観察して理屈に合わないものを発見したら、腹を割いて手を突っ込む」

「……ですよね」

中もあらかた調べ尽くし、二人は部屋を出た。

階段の下にマリエルが立っていた。彼女は二人を待っていたらしく、古手川に近づいてきた。

「話ガアリマス」

「聞きます」

「ステファニー、恋人イマシタ」

「誰ですか。客の一人ですか」

「分カリマセン。デモ、ズット前ニ結婚スルカモシレナイト、ステファニーカラ聞イタコトガアリマス」

マリエルは何かを堪えるかのように両手を握り締めている。

「ソノ人ニ、ステファニーガ死ンダコト教エテヤッテクダサイ。キット、ステファニー喜ビマス」

特定の相手を捜し出せば、確かにステファニーは喜ぶだろう。

しかし相手が喜ぶかどうかは別だった。

3

マリエルの証言内容と避妊具のパッケージが見つかったことで、ステファニーには特定の相手がいた可能性が濃厚になった。

「問題はさ、彼女の死が報道されたにも拘わらず、未だに彼氏の姿が浮かんでこないことなんだよな」

フィリピン・パブ〈ローズ・ピンク〉を出た直後の車中で、古手川はそう切り出した。

「川口署にも店にも連絡がこない。ステファニー自身が狭い世界で生活しているんだから、彼氏だったら訪ねてくるなり電話を寄越すなりするはずだろ」

古手川の言説はいくぶん論理性に欠けるものの、それなりに説得力がある。状況からステファニーの相手は客以外であり、それなら国籍がどこであろうとリトル・マニラ周辺に住んでいる可能性は大きい。

「……ですね。遠距離恋愛というのは考え難いです」

「とにかくステファニーのケータイを調べる理由が増えたのは確かだ。それだけの間柄でケータイに登録がないはずがない」

「古手川さんは、ステファニーの恋人が彼女を殺したと考えているんですか」

「まだそんな疑惑を掛ける段階じゃない。被害者の恋人らしき人物が連絡をしてこないのが腑に落ちないというだけなんだけど、この一点だけでステファニーの病死説に異議を申し立てられないかと思ってさ」

古手川が川口署の柊と交わした約束の条件は事件性の有無だったのを、改めて思い出した。

「柊さん、その程度の疑問で事件性を認めてくれますかね」

「どうかな」

古手川は素直に不安を吐露する。頼りないといえば頼りないが、自分に弱さを曝《さら》け出してくれるのは少し嬉しい。

「真琴先生はどう思う」

「相手がステファニーのことをどう考えていたかによると思う」

真琴の口調は多分に非難めいたものになる。

「本当にステファニーを恋人だと思っているのなら現時点で警察かお店に連絡しているだろうけど、ただの遊び相手と思っているのならこれ幸いとばかりに頬被《ほおかむ》りするでしょうね」

「結婚云々はステファニーの単なる思い込みという解釈かい」

「仕事で色んな男の人を見ているステファニーが、そうそう勘違いするかな。それよりも彼氏の方がステファニーを騙していた可能性の方が高いと思う」

「……男に辛辣《しんらつ》だなあ」

「冷静なんです」

「案外、真琴先生は刑事に向いているのかもな」

「やめてください。今のは古手川さんが男女の機微に疎《うと》いってだけの話です」

それはさておき、と古手川は早く話を変えたがる。

「俺が疑問に思うくらいなら、柊さんだって引っ掛かるだろうさ。もちろんそれだけで事件性を疑えってのは無理筋だけど、ステファニーのケータイを調べたら何か出てくるかもしれない」

「何かって何ですか」

「それは見てみないと」

甚《はなは》だ心許《こころもと》ない返事だが、古手川が口にすると不思議に納得してしまう。これは古手川の浅慮に自分が慣れてしまったのか、それとも真琴自身が元々単純なせいなのか。

ステファニーに特定の相手がいたと知らされると、川口署の柊は期待通りに不審がってくれた。

「確かに妙といえば妙ですね」

「でしょ」

古手川は同好の士と語らうような顔をする。

「ステファニーのスマホ、内容はもう確認したんスか」

「取りあえず登録されている相手とＬＩＮＥやメールの記録は抽出しました。予想した通り、ホステス仲間や本国に残した家族の番号で占められていますね」

柊はＡ４サイズの紙片を差し出した。携帯端末に登録・記録されていた情報の一覧だった。

真琴は古手川とともに内容を眺めてみる。ほとんどはフィリピン語で登録されており、辛うじて〈マリエル〉、〈クサカベ〉のローマ字表記くらいは確認できる。

「場所柄、ウチの署にはフィリピン語に堪能な人間がいるので手伝ってもらいました」

「フィリピン・パブの同僚はこの五人です」

今度は古手川が名前の一覧を提示する。〈ローズ・ピンク〉で聴取した従業員の情報だった。

「店長と同僚ホステスを除くと、やはり残るのは本国の知り合いみたいですね」

「もう家族には知らせたんですか」

「ついさっき。両親ともショックを受けていたと聞いています」

両親と連絡が取れたと聞いてすぐ気になったのは、解剖についての許可だった。客死するフィリピン人はステファニーが初めてではない。川口署は先方に最低限の問い合わせを済ませていた。

「結局はカネの話に終始しました」

どこか物憂げな口調だった。

「フィリピンはほとんどがキリスト教ですから土葬です。ステファニーの家も例外ではなく、火葬はしてくれるなと泣きつかれました。しかし死体をフィリピンまで運ぶようなカネは捻出できない。そちらで何とかしてくれと。たとえば彼女が技能実習生だったのならＪＩＴＣＯ（国際研修協力機構）から死亡弔慰金が支給されるところですが、元から就労ビザで入国しているステファニーにはそういう恩恵も与えられない。解剖も同様です。いくら親族が解剖に承諾しようが、肝心のカネは出せないときた。まあ、家にカネがないから日本くんだりまで出稼ぎにきたんでしょうけど」

「親族からカネが出るなんて最初から期待していませんよ」

「……早いところ事件性を認めろという顔ですね」

「柊さんだって妙だと思うでしょう」

「わたしの一存で決められることじゃありません。せめて課長クラスを納得させないと。結婚するかもしれないというのは同僚が本人から聞いた伝聞だし、部屋から避妊具のパッケージが発見されたのだって本人が個人的に売春していた可能性もある。被害者には特定の情交相手がおり、姿を晦《くら》ましているという根拠としては薄いですよ」

同じ刑事として理解できるのだろう。古手川は苦しそうに頷いてみせる。

ふと思いついたことがあった。

「通信記録以外は残っていないんですか。たとえば男性とのツーショット写真とか」

「画像もひと通りは浚《さら》ってみたんですけどね。お望みのツーショットは見当たりません。同僚なのか女性二人の自撮り写真はありますが、ステファニーがレズビアンだとすると、マリエルの証言やコンドームのパッケージが無意味になる」

「写真、見せてくれませんか」

「お見せするだけなら」

柊はいったん中座し、ステファニーのスマートフォンを片手に戻ってきた。

「梢野先生の指紋が付着しないよう、これを」

手渡されたのはスマホ手袋と呼ばれているものだった。指先に導電糸が編み込まれているので、嵌めていても通常と同じように操作できる。

「お借りします」

刑事二人の前で、真琴は次から次へと画像を繰《く》っていく。ステファニーはアウトドア派だったらしく、外で撮った写真は相当な数に上った。部屋の内部がいささか殺風景だった理由の一つと考えれば合点がいった。

撮影対象は多岐に亘る。喫茶店、レストラン、駅前商店街にどこかの公園。食べ物が半分、場所が半分といったところで、本人と同僚らしきフィリピン人女性のショットも残っている。

本人が単独で写っているショットも数枚ある。背景となっているのはさいたま水族館にジョンソンタウン、そして西武園《せいぶえん》ゆうえんち。いずれも埼玉県内のデートスポットとして有名な場所だ。

見ているうちに違和感が頭を擡《もた》げてきた。いくらアウトドア派といっても一人でデートスポット巡りをするというのは変だ。

もう一度ジョンソンタウンで写したショットに戻してみる。ステファニーは米軍ハウスと呼ばれる平屋のアメリカン古民家をバックに両手でピースサインを突き出している。

ようやく違和感の正体に気がついた。

「この写真、変です」

真琴の声で二人の刑事が背後に回り込む。

「まず、これは自撮りじゃありません」

「だな。両手でピースサインしているし」

「他の写真では曇《くも》り気味で不鮮明なんですけど、この米軍ハウスの写真だけは光線が強くて影が鮮明になってます。ほら、ここ」

真琴が指差したのはステファニーの足元に伸びた別人の人影だ。

「これ、撮影した人の影ですよね。大体、ジョンソンタウンに女性が一人で出掛けるなんて、あまりないと思います」

「でも真琴先生。ステファニーがそういう趣味だったかもしれない。この写真だって通りすがりの人にシャッターを頼んだのかもしれない」

「一人で写っているショットに、全部同じ撮影者の影が残っていたらどうですか。今は画像解析で曇天《どんてん》の影を拾うことも可能ですよね」

二人のやり取りを聞いていた柊は興味深げに携帯端末を受け取った。

「至急、鑑識に回してみましょう」

簡単な画像解析だったので、二十分も待っていると柊が結果を携《たずさ》えて戻ってきた。

「栂野先生、大当たりでした」

柊の声は心なしか弾んでいるように聞こえた。

「ステファニーが単独で写っているショットには、洩れなく同一人物と思しき撮影者の影がありました」

「わざわざデートスポットにきたというのに自撮りでツーショットにしなかったのは、撮影者が自分の写り込みを極力避けたからだと思います」

「同意しましょう。決して自らを記録に残そうとしなかった情交の相手。疑うには充分ですよ」

直後に柊は判明した事実を生活安全課に持ち帰り、課長は解剖要請の案件と判断した。署内に安置されていたステファニーの身体は死体搬送車に移され、浦和医大法医学教室へ運ばれる手筈となった。

二人が法医学教室に到着すると、既にキャシーが解剖の準備を進めていた。

「真琴。グッジョブ」

顔を合わせるなりキャシーは親指を立ててみせる。

「でもキャシー先生。ステファニーが本当に熱中症だったのかどうかは、解剖してみなければ分かりません」

「オフコース。しかしマイノリティの立場にあるフィリピン人女性が手続きに則《のっと》って解剖される。当然のことが当然のように行使できるだけでも意義があります」

先日のレイシズムに対する舌鋒を知っているから頷けるものの、そうでなければいつもの死体好きが発現したとしか思えない。現にキャシーの目は知的好奇心に爛々《らんらん》と輝いているではないか。

「古手川刑事。あなたも執刀を間近で観察しますか」

「いや、俺はいいです」

「死体を解剖できるのは結構なことですが、専従捜査を任されているはずの古手川刑事は、のんびりと見物を決め込むつもりなのですか」

「勘弁してくださいよ、キャシー先生」

古手川は天を仰いだ。

「正式に県警が担当している事件じゃないし、俺だって専従って訳じゃないですから。ウチの班長が内々で指示しているだけです」

「オフィシャルであろうとなかろうとボスの命令は絶対なのでしょう」

「そんなヤクザみたいな……まあ、渡瀬班に限っては似たようなものかもしれませんけど。だけどいったいどうしたんスか、キャシー先生。えらくテンパってるように見えるんですけど」

するとキャシーは二人を手招きし、俄に声を低くした。

「前回に続き、ボスの様子が少し変なのです」

「どんな風に」

「大抵の場合、ボスは死体のプロフィールについて興味を持ちません。オフコース、労働災害や置かれた環境が死因に関与している場合はこの限りではありませんが、少なくとも患者の経済状況については全くといっていいほど関心を示しません。ところが、ここしばらくは執刀前に質問されるのです。その死体はプアマン（貧者）だったのかと」

古手川は真琴と顔を見合わせる。

「極端な窮乏が死を招くこともレアケースには存在しますが、その場合は体表面に大きな特徴が現れます。ボスが解剖する前に抱く興味としては不自然に思えます」

キャシーの疑念はもっともだった。そう言えば前回の水口琢郎の事件でも犯行はカネ目的だと聞いた途端、光崎は複雑な顔をしていたらしいではないか。

「例の犯行声明と関係があると思いますか」

「ボスの様子に変化が生じたのは、明らかにあれ以降です。ワタシは因果関係があると考えています」

その時だった。

噂をすれば影が差す。ドアを開けて件の光崎藤次郎が姿を現した。

「何だ。まだ準備の途中か」

「ノー。準備オーケーです、ボス」

「それなら早く解剖室に入れ。メスを入れる前に死体が腐るぞ」

真琴が一瞥すると、古手川は後を任せたというように手を振ってみせる。言われるまでもない。解剖室に一歩足を踏み入れたら、そこは法医学者の聖域だ。

真琴は光崎の後を追うように解剖室へと入っていく。

先にキャシーがお膳立てを整えてくれたお蔭で、大して待たせもせずに光崎を迎え入れることができた。

聖域に足を踏み入れた瞬間、光崎は一人の老人から君主へと変貌する。天上天下唯我独尊《てんじょうてんげ》、光崎の揮《ふる》うメスと知見に逆らえる者は存在しない。

いつものように体表面の観察から始める。光崎の視線を追うように、キャシーがデジタルカメラのレンズを向ける。こうして観察すると、二十代であるはずの肉体が実年齢以上に老いているのが分かる。無駄な脂肪や弛《たる》みがない代わりに、肌には張りがなく、四十代にすら見える。これが民族的な特徴なのか、それともステファニーの生活習慣がもたらしたものなのかは判然としない。

「体表面に外傷は見当たらず。死斑は下面に集中。暗紫赤色《あんしせきしょく》。特に異状を認めず」

細い腕のどこにそんな力があるのか、光崎は一人で死体の上半身を起こし、背中の状態を見る。異状がないことを確認して、光崎はようやく宣言する。

「では始める。死体は二十代フィリピン人女性。メス」

真琴からメスを受け取ると、胸部から下腹部までをY字に切り割いていく。既に生物であるのをやめてしまった身体から血が噴き出ることはない。Y字に沿って、ぷくりと血の玉が浮かぶだけだ。

胸を大きく左右に開き、肋骨を切除すると各種臓器が露出する。既に内部融解は始まっているが、まだ目が痛くなるような腐敗臭ではない。

死後、膨満《ぼうまん》状態となった死体の内部には腐敗ガスが充満しており、こうした死体の腹を裂くと爆発するように臭気が噴出する。有毒物質が飛散するケースもあるのでゴーグルを掛けて対処しているが、あまりの刺激臭に鼻どころか空気まで曲がってしまうのではないかと錯覚する時さえある。

死体は有毒物質の塊でもある。その事実を知悉《ちしつ》しているのに、光崎は熟練の料理人のような手つきで死体を捌いていく。臓器一つを切除すると矯《た》めつ眇《すが》めつし、また次の臓器へと手を伸ばす。その視線は品定めをする鑑定士を連想させる。

キャシーは自他ともに認める死体好きだが、光崎は同じ死体好きでも探求者の印象が強い。人によっては眉根を寄せる者もいるだろうが、一つのことにこれだけ没頭できる人間は幸福なのではないかと真琴は思う。

心臓から肝臓、胃、肺へと臓器が摘出されていくが、光崎の視線には一向に変化が訪れない。

メスは更に腰部へと伸びていく。肋骨の真下、小腰筋《しょうようきん》から大腰筋が露わになった時、光崎の声が上がった。

「大腰筋に異状は認められず」

真琴と同じく、キャシーも反応を見せた。

当初、川口署はステファニーの死因を熱中症と判断した。熱中症になると骨格筋（横紋筋）の細胞が融解することで細胞内の成分（ミオグロビン等）が血中に流出してしまう。そのため、熱中症患者の大腰筋は脱色して薄桃色《うすももいろ》になる。ところがステファニーの大腰筋は脱色もせず本来の色を保っている。

つまりこの時点で死因が熱中症であるという推察には疑問符がつけられるのだ。

更に真琴とキャシーは大腰筋の上でとぐろを巻く腸管の異状にも気づいていた。光崎は両手で抱えるようにして腸管を摘出する。本来はタラコのような鮮赤色《せんせきしょく》をしている腸管の端がウナギのような黒褐色《こつかつしょく》に変わっている。

「腸管は壊死《えし》。また非連続で腸閉塞《ちょうへいそく》も確認」

光崎は断定しないが、真琴はこれこそがステファニーの死因だと直感する。

腸が壊死すると腸閉塞や腹膜炎を発症する。すると短時間のうちに細菌や毒素が全身に回り、高確率で死に至るのだ。

次に光崎の指はステファニーの子宮に伸びた。切開し、中の内容物を掬《すく》い取るとステンレス製の皿に載せる。暗赤色に塗れた肉片。

紛れもなく胎盤《たいばん》の一部だった。

「子宮内部および膣内に器具挿入、掻把《そうは》の痕跡は認められない。流産と推測される。ただし子宮内部と胎盤の分析を必要とする」

流産は自然流産と人工流産に大別できる。人工流産は錠剤投与によって行われるが、錠剤は完全に溶けきっても四日間までは痕跡を留めている。光崎の指示はその確認を意味している。

堪えきれず、真琴は問い掛けた。

「教授。流産と腸管壊死の間に相関関係があるんでしょうか」

すると光崎は無遠慮な視線を投げて寄越した。

「分析を待て。結果を確認するまでは特定できない。だが、可能性の範囲で言及するなら抗菌薬によるクロストリジウム・ディフィシル感染症の疑いが濃厚ではある」

クロストリジウム・ディフィシル感染症は真琴も知っている。抗菌薬関連腸炎のことで、軽度の下痢から腸閉塞や中毒性巨大結腸、重篤《じゅうとく》な場合には腸管壊死まで引き起こす。まさに解剖結果そのものの症状を呈する。診断は比較的容易で、抗原であるグルタミン酸脱水素酵素を検出する迅速検査も可能だ。確定診断ではないが、80～90％の確度がある。

光崎の所見に沿えばステファニーは何らかの理由で感染症に罹《かか》り、腸管壊死に至った。そして光崎は感染を流産に起因するものと疑っているのだ。

「閉腹する」

おそらく光崎の中では死因は特定されている。胎盤の分析はその答え合わせに過ぎない。だからこそこの段階で解剖を終わらせようとしている。

真琴の脳裏には、捨てられていた避妊具のパッケージが浮かんでいた。特定の情交相手と流産、そして感染症による腸管壊死。そう繋ぎ合わせていくと、ステファニーの身に降りかかった災厄《さいやく》が、ゆっくりと輪郭を現してくる。

「分析結果、出ました」

解剖後、キャシーは声を弾ませて光崎に報告する。

「クロストリジウム・ディフィシルに間違いありません。血液検査でも白血球が15000/μL以上、血清Crはベースの1・5倍。症状に合致しています」

そうかと呟くなり、光崎は隣室で所在なげにしていた古手川を呼びつける。

「ゴミ箱の中から錠剤の包装シートを見つけたらしいな」

「ええ、現在薬剤の特定を急がせています」

「特定させたらこちらの分析結果と照合しろ」

「そりゃあ構いませんけど」

「薬剤の入手経路も調べろ。放っておくと同じ重篤患者が出る」

それだけ言うと、光崎は急に興味を失った様子で教室を出ていった。後にはキツネにつまれた体の古手川と、ある可能性に思い当たったらしい二人の法医学者が残された。

「……確かに妙ですね、キャシー先生。光崎先生が俺たちの捜査に助言するなんて」

「ワタシの言った通りでしたね」

「捜査に関心持ってもらうのは悪いことじゃないんですが、やっぱり光崎先生は何かを隠してますよ。例の犯行声明の主が何者なのかを知っているんじゃないのか」

「アイ・ドント・ノオッ」

キャシーは一語一語区切るように話す。

「ワタシが知りたいくらいです。でも、ワタシたちが訊いて答えてくれると思いますか」

「答えてくれるような話なら、とっくの昔に打ち明けている」

「イエス。いくら解剖にしか興味のないボスでも、犯罪の拡大を黙って見ているはずがありません」

従って、とキャシーは言葉を続ける。

「ボスは犯行声明の主にきっと心当たりがあります。しかし、それがどこの誰なのかはボス自身にも分かっていない。古手川刑事に捜査を促すのは、手掛かりを欲しているからだと思われます」

4

翌日、真琴は古手川とともに西川口に向かっていた。犯罪捜査に積極的にかかわるつもりなど毛頭ないが、光崎自身の事情に関連しているとなれば話は別だ。

「部屋から発見されたPTP包装シートだけどさ。中に収められていた薬剤が特定できた。ミソプロストールとかいうクスリらしい。解剖で摘出された胎盤からも、同じ成分が検出されたんだろう?」

薬品名に記憶があった。真琴はスマートフォンを操作して、自分の記憶に間違いがないことを確認する。

「古手川さん。それ、堕胎薬《だたい》です」

「うん。俺も鑑識からそう聞かされた。でも堕胎薬として認可されたクスリじゃないんだろ」

「本来は胃潰瘍《いかいよう》薬。アメリカではミフェプリストンと併用することで人工妊娠中絶ができるのが分かって、産婦人科医が実用しています。WHO(世界保健機関)も推奨している薬剤なんだけど、日本では未認可です」

「日本で認可されないのは何か問題があるのか」

「単純に手続きが遅れているというのもあるけど、最近になって事件が起きたんです」

日本で売ってないのならインターネットで購入すればいい——そう考えた二十代の日本人女性

がネット購入したインド製の経口妊娠中絶薬を使用したところ、出血や痙攣などの症状が出たのだ。

「何だ、ヤバいクスリじゃないか。よくそんな代物をＷＨＯが推奨しているな」

「胎児を器具で掻き出す掻把術よりも母体への負担がずっと少ないんです。ミソプロストールは子宮の収縮を高めて内容物を排出させます。この経過が自然流産と似ているんですね。服用すると平均九日間は出血が続くけど、完全流産率が高いし安全性も確認されている。報道された事件ではインド製だったというのが問題で、ちゃんとした医師の処方でないととんでもない粗悪品を摑まされる危険があるんです」

「ネットではバッタもんを買わされる危険があるが、手軽だから購入者は引きも切らない。潜在的な被害者は増える一方か」

「一応、厚労省もアメリカや中国で販売されている人工妊娠中絶薬については、医師の処方がないと個人輸入で購入することも認めなかったんだけど、インド製は考慮してなかったんです」

「しかし、その被害女性は出血と痙攣で済んでるんだろ」

「粗悪品の中の不純物には多量出血や今回の感染症の原因になる抗生剤の成分を含んでいるものがあります。報道された例は軽い症状だったけど、ステファニーの場合は重篤なクロストリジウム・ディフィシル感染症を招いてしまった」

話しながら、真琴は事件性の否定に思い至る。

特定の相手とセックスを繰り返す。避妊を心がけていても百パーセント完全ではなく、身籠ってしまうことも有り得る。自身の妊娠を知ったステファニーは自ら購入した人工妊娠中絶薬を服用して感染症を招いたのではないか。そうなれば、これは事件ではなく事故だ。

真琴がおずおずと自分の考えを口に出すと、古手川はゆるゆると首を横に振った。

「ステファニーのスマホは解析が済んでいる。彼女はネットで色々購入しているが、少なくとも薬品の類を購入した記録は残っていない。それに、同僚には結婚するかもしれないと言ってたんだろ。結婚を考えていた女が、危なっかしいクスリに頼ってまで中絶しようとするなんて理屈に合わない」

やがて二人を乗せたクルマは〈ローズ・ピンク〉の前に停まった。時刻は午後三時過ぎ、まだ開店しておらず、店内は明かりが点いていない。二人は店の裏へと移動し、アパートへ歩を進める。

マリエルの部屋は本人から聞いている。一階103号室。この時間であれば在宅しているはずだった。

果たして三回目のノックでマリエルが顔を出した。

「アア、刑事サン」

「訊きたいことがあってきました」

ドアを閉められないよう、古手川がそっと片足をドアの隙間に滑り込ませたのを真琴は見逃さなかった。

「モウ少シシタラ、オ店ニイカナイト」

「すぐに済みます。あなたたちフィリピン人の間で人工妊娠中絶のクスリが話題になったことはありますか」

言い淀むとばかり予想していたが、マリエルは躊躇も見せずに即答した。

「アルヨ。パブノ仕事シテイルト、変ナオ客ニ襲ワレルカモダカラ、ゴムト中絶薬ヲ持ッテイル娘モイルネ」

「中絶薬はどうやって手に入れるんですか。やっぱりネットの通販か何かですか」

「オ店デ売ッテル」

あっけらかんと答えられた。

「お店。いったいどこの薬局ですか」

古手川としてはすぐに薬機法《やっきほう》違反を疑ったのだが、マリエルはまたも意外な答えを返してきた。

「ドラッグストアジャナイヨ」

マリエルから教えられた店は、西川口駅から西に五百メートルほどいった場所にひっそりと建っていた。〈アネックス〉という店で、外見は雑貨屋だ。入ってみると狭い店内に小物や生活雑貨がひしめくように陳列されている。既製品の中に手作りの物も混じっているが、真琴の目から見てもあまりセンスがあるとは思えない。大手百円均一の店の方がずっとマシな品揃えだった。中国語やスペイン語の表示が混在しているのも統一感に欠ける。それだけで、この店が外国人を対象としているのが分かる。

「いらっしゃい」

店の奥から出てきたのは四十過ぎと思しき長髪の男だった。東アジア系の顔。おそらく店主だろう。どことなく客を見下したような視線が不快だった。

古手川と真琴は店主に構わず、店内を探索する。マリエルの話では、この店で経口の妊娠中絶薬を売っているのだという。

探索すること数分、隅にある棚に件のクスリを発見したのは真琴だった。

「ありました」

古手川を呼び寄せて実物を確認する。見かけは手の中に収まるほどの箱で、ラベルの商品名には〈ａ‐Ｋａｒｅ〉とある。有効成分表示にはミソプロストールの名前も確認できる。ニュースで報じられたインド製の胃潰瘍薬に相違なかった。

古手川は箱を摑むとレジへと直行する。

「はい、毎度」

店主は怪しむ素振りもなく、大した愛想も振り撒かない。

「ひと箱いくらだい」

「棚に値札が貼ってあるはずだけどね。三千二百円」

「売り物なんだな」

「変なことを言うね。売り物でもないものを、どうして棚に並べるんだよ」

「埼玉県警の者だ」

古手川が名乗るなり、相手の顔色が変わった。

踵を返して店の奥に引っ込もうとした寸前、古手川が回り込んで退路を塞いだ。

「逃げようとしたところをみると、手前で違法行為をしている自覚はあるんだな」

「何のことか分からない」

古手川は店主の眼前で箱をちらつかせる。

「これは日本じゃ認可されていないクスリだ。大体、薬局でもない店でどうしてクスリが店頭に並んでいる。二重の意味で違法だ」

「クスリじゃない。ただの栄養剤」

「吐くなら、もっとマシな嘘を吐け。ここにいるのは女医さんだ。成分表を見せたら一発だぞ」

店主が助けを求めるようにこちらを見るので、真琴は表情を殺して頷いてみせた。

「知らないよ、そんなこと」

店主は往生際《おうじようぎわ》悪く、まだとぼけていた。

「ずっと栄養剤だと思っていた」

「こんなものが健康食品やサプリメントのはずがないだろ。胃潰瘍を鎮《しず》めるクスリだから医薬部外品でもない」

病気の治療を目的としたものは医薬品と定義され、薬剤師または登録販売者がいなければ販売できない。薬剤師または登録販売者がいなくても販売できるのは、病気の防止・衛生・予防を目的とした医薬部外品だけと規定されている。

脅しにかかった古手川は凶暴な顔つきになる。真琴のように普段の顔を知っている者なら演技と分かるが、初対面の人間には結構な威迫になるに違いない。昔は不良相手に立ち回りを演じていたというのも嘘ではないらしく、暴力に慣れた動きが店主の逃亡を完全に封じていた。

「ホントに知らなかったよ。パッケージなんて碌《ろく》に読まないし」

「言い訳は署で聞こうか」

「これは、重い罪になるのか」

「無許可薬物の所持・販売は三年以下の懲役又は三百万円以下の罰金だ。少なくとも店を続けていくのは難しくなるんじゃないのか」

「勘弁してくれ」

店主は悲鳴のような声を上げる。

「家族がいるんだ」

店主の泣き出しそうな顔を見ていると、つい真琴にも同情の念が湧く。マイノリティが抑圧されがちな地域にあって、生活の糧を得るのがどれだけ困難かは想像に難《かた》くない。三年以下の懲役又は三百万円以下の罰金というのは、彼らにとって到底軽微な罰とは言えない。働き手の店主を失えば、家族が路頭に迷うのは当然だった。

一瞬、古手川の視線が天井に向く。強盗を防ぐためだろう。監視カメラがレジの辺りを撮影範囲に捉えている。

「あのカメラ、ちゃんと稼働しているのか」

「している。今、あなたがわたしを脅している場面もばっちりだ」

「アーカイブ期間はどのくらいだ」

「容量は1TB《テラバイト》あるから、三カ月は楽に記録できる」

「そりゃあいい」

古手川は顔を綻ばせたが、却って店主を怖がらせたようだった。

「協力する気はあるか」

「何を」

「司法取引とまではいかないが、捜査協力してくれた市民を警察も蔑《ないがし》ろにはしない」

古手川が協力してほしい内容を告げると、店主は一も二もなく承諾した。


古手川が柊を伴って再び〈ローズ・ピンク〉に赴いたのは、陽が沈んでネオンが妖しく輝き出す頃だった。真琴が同行しているのは、〈アネックス〉を訪問してから、なかなか離脱するきっかけを摑めなかっただけの話だ。

「ああ、またあなたでしたか」

三人を出迎えた久坂部は迷惑だと言わんばかりの対応だった。

「もうお客さんの来る時間なんで明日にしてもらえませんか」

「すぐに済みますよ」

古手川は有無を言わさず店内に足を踏み入れる。

「本当にすぐ済むんですね」

「ええ、あなたが抵抗さえしなければ」

「何のことですか」

「ステファニーを殺害したのは、あなただ」

一瞬、久坂部の表情が固まる。

「冗談にしてもタチが悪い。どうしてわたしがステファニーちゃんを殺さなきゃならない。言い方は悪いが、女の子はウチの商品ですよ。それをどうして」

「商品と思っているからだ。商品だったら、不良品は返品するか廃棄するかだ」

「あなたの言ってる意味が理解できん」

「ステファニーは妊娠していた。解剖したら胎盤が認められた。彼女は同僚に結婚するかもしれないと話していたが、その根拠の一つが妊娠だった。彼女は妊娠したら、相手の男が結婚を考えてくれると淡い希望を抱いたんだ」

「まさか、その相手がわたしだというんですか」

「久坂部さん。あなたは家族持ちだったな。店の女の子を孕《はら》ませたとなれば、家庭争議も免れない。下手すりゃ離婚、家庭崩壊の危機だからな」

「証拠でもあるんですか」

「ステファニーは流産してしまった。おまけにスマホには相手とツーショットの写真すらない」

「それならＤＮＡ鑑定もできやしない。子供の父親を特定するのは無理な相談でしょう」

「心配しなくていい。この際、彼女を孕ませた相手が誰なのかは、あまり重要じゃない。重要なのは彼女を人工妊娠中絶させようと目論んだのが誰かって問題だ」

古手川は〈アネックス〉に乗り込んで件の胃潰瘍薬を没収した旨を告げる。

「売っている商品はヤバめだが、防犯対策はしっかりしている。お蔭で決定的な映像が手に入った。あんたが薬を購入している場面だ。最初に事情聴取した際、胃もたれがすると訴えたステファニーに胃薬を渡したと証言したよな」

久坂部はますます顔色をなくしていく。

「店の女の子でも知っているくらいだから、あれが人工妊娠中絶目的で売っているのも知っていたんだろ。あんたにとってお腹の子供は身の破滅に繋がる時限爆弾みたいなものだ。彼女は結婚できるかもしれないと吹聴《ふいちょう》していたから、あんたが中絶を提案しても拒絶したんだろうな。だから本人がそうと気づかないうちに中絶させるつもりだった」

「違う」

「じゃあ、あんたが購入した薬は今どこにある。購入日はステファニーが死亡する二日前。まさかたったの数日間でひと箱分の錠剤を服んだとでも言い張るつもりか」

しばらく黙り込んだ後、久坂部はゆっくりと頭を垂れた。

「殺すつもりじゃなかった」

「彼女は死んだ」

「流産してくれるだけでよかったんだ。店の女の子の話じゃ、出血が数日続くだけで楽に流産できるはずだった。それが何の悪戯か死んじまうなんて……信じてください。たかがクスリを渡しただけであんな風になるなんて想像もしていなかったんです」

「信じるかどうかは、あんたの供述次第だ」

「気のいい女だったんです。わたしとも割り切った関係と捉えてくれていると信じていた。それが、妊娠検査薬が陽性になったからって突然結婚を迫ってきて」

その先は聞く耳を持てず、真琴は店から飛び出した。

温《ぬる》い風が堪らなく不快だった。

男の身勝手さと情けなさを、これほど目の当たりにしたのは初めてだった。

こんなことならついてくるんじゃなかった――猛烈に後悔していると、背中に人の気配を感じた。振り向くと、申し訳なさそうに古手川が立っていた。

「死体よりも嫌なものを見たような顔だな」

「死体は人を裏切らないし嘘も吐かない」

「ったく。日に日に光崎化してるなあ。自分で意識しているのか」

古手川は悩ましげに小首を傾げて近づいてくる。

「放っといてください」

「……どうしたら機嫌が直るんだ」

どう答えてやろうかと古手川を睨んでいるうち、だんだん腹立ちが収まってきた。

困った顔も、なかなか味があるじゃないの。
それからは答えを探す作業が楽しくなってきた。

五　子供の声

1

いったい何が起きた。

吉住《よしずみ》は西病棟の廊下をひた走る。普段は滅多に顔色一つ変えない吉住が脇目も振らずに走っているので、彼を知る者は皆一様に驚いたような顔で見送る。

担当の看護師から患者の急変を知らされたことは多々あるが、これほど焦燥に駆られたのは初めてかもしれない。ひどく時間が長く感じられる。歩き慣れた廊下がこんなにも遠い。

病室に足を踏み入れた瞬間、吉住は言葉を失くした。ベッドに横たわっているはずの妻の一重《かずえ》は看護師に押さえつけられ、微かな寝息を立てているか泣き叫んでいるはずの愛児はぐったりとして動かない。

「ナースコールがあったので、来てみたら」

一重を押さえていた看護師が経緯を説明する。短いが、そのひと言で事情は飲み込めた。

一瞬の躊躇もなく我が子に手が伸びたのは職業的意識なのか、それとも父親としての本能なのかよく分からない。分かっているのは子供が全く息をしていないことだ。

「真矢《まや》あっ、真矢あっ」

一重の叫びを背に受けながら小さな身体を探ってみるが、既に心肺は停止している。

「心肺蘇生《そせい》の準備」

正常分娩《ぶんべん》で出生したので、新生児室から母親の許《もと》に移されるのも早かった。だが心肺蘇生を試みるのならNICU（新生児集中治療室）に移さなければならない。

「真矢あっ」

一重の声を振り切るようにして、吉住は自ら我が子を運ぶ。自分が産科・婦人科の医師であるのは天の配剤だろう。この子を助けるために自分は医療技術を研鑽《けんさん》してきたのかもしれなかった。

NICUに入ってからの吉住の動きは無駄がなかった。SpO_2モニターで呼吸・心拍を確認するが、やはり自発呼吸は認められない。ECGモニターを装着した上で人工呼吸を試みる。だがモニターの数値には一向に変化が見られない。吉住は人工呼吸に加えて胸骨圧迫も試してみる。パルスオキシメータの数値を目で追いながら胸骨をゆっくり押していく。

頼む。

頼むから蘇生してくれ。

柄にもなく吉住は祈る。患者の生き死には医学的な施術の結果であり、そこに宗教や超自然の介在する場所など存在しない――そうと分かっていても、胸の裡《うち》で手を合わさずにはいられない。

真矢は吉住夫婦にとって最初の子供だった。吉住にしてみれば四十を過ぎての子供なので余計に思い入れがある。世の男たちは出産後に父親の自覚を持つというが、吉住の場合は一重が母子手帳を取得してからずっと自分は父親だと認識していた。そう認識するのが堪らなく心地よかったからだ。

分娩も自ら担当した。産科には家族の分娩を他の医師に任せる者もいるが、逆に吉住は他人に任せようとは決して思わなかった。折角《せっかく》己に分娩の技術があるのに、我が子の出生に尽力しない法がないではないか。

無事に誕生した時にはまるで自分が一段上の人間に成長したような気がした。まだ赤い肌の真矢は宝物に見え、看護師たちの前だというのに危うく涙ぐみそうにさえなった。

その宝物が生後五日も待たずに天に還《かえ》ろうとしている。

勘弁してくれ。

わたしたちから一番の宝物を奪わないでくれ。

吉住は我が子の蘇生に全力を注ぐ。人工呼吸も胸骨圧迫も効果がないと判断するや否やアドレナリンも投与してみた。

しかし、遂に真矢が蘇生することはなかった。

「……終了」

敗北を宣言した時、吉住は身体中から力が抜け、代わりに絶望が流れ込んでくるのを感じた。

＊

私鉄の出口を降りてしばらく坂道を歩くと、世田谷区等々力《せたがやとどろき》の閑静な住宅街が広がっていた。道路幅が大きく、どの家も邸宅と呼びたくなる佇《たたず》まいだ。真琴は携帯端末に保存してある住所を頼りに津久場《つくば》宅を目指す。

元の指導教授だったとはいえ、真琴が津久場公人《きみと》の自宅を訪れるのはこれが初めてだった。元より津久場には医師としての知見に惹《ひ》かれていたのであり、私生活にはさほどの興味がなかった。しかも現在真琴は法医学教室の人間なので、どうしても疎遠《そえん》になった感が否めない。

だが親密であろうと疎遠であろうと、直接本人に会って確かめなければならない問題が目の前に横たわっている。今日はそのための訪問だった。

携帯端末のナビゲートに従っていると、やがてそれらしき家に辿り着いた。表札には間違いなく〈津久場〉の名前がある。津久場の人となりを表わしているような、立派な楷書体《かいしょたい》だ。名前を見ているだけで背筋が伸びる。

インターフォンで名前を告げると、ややあって津久場本人が顔を出した。

「いらっしゃい。待っていたよ」

「ご無沙汰《ぶさた》しております」

ひと言交わすといくぶん緊張が和《やわ》らいだが、それでもリラックスには程遠い。

「家内は出掛けていてね。碌なお構いもできなくて申し訳ない」

真琴を玄関に迎え入れるなり、津久場はそう告げた。あまり他人には聞かれたくない話なので真琴にとっても好都合だった。ひょっとしたら津久場が気を利かせてくれたのかもしれない。

居間に通されると、津久場が口火を切った。

「元気そうだね」

「お蔭さまで」

「時間通りに来たんだね。前は少し時間にルーズなところがあったが」

「有難うございます」

「光崎は時間に厳しい男だからな。そう言えば目つきも鋭くなった。現場で鍛えられたようだ」

光崎が意図したかどうかはともかく、鍛えられたのは事実なので頷いてみせた。

「教授の方はいかがですか」

「何がだね。日々の健康管理かね、それとも事件に対する反省かね」

真琴が答えられずにいると、津久場はおどけた顔で片手を振る。

「冗談だ。最近は妻よりも司法関係者と話す機会が多くなってな。つい皮肉が洩れた」

「まだ呼び出されているんですか」

「保釈中とはいえ刑事被告人の身分だからな。裁判所から出頭を求められれば行かない訳にはいかん。こんなことを言うと叱られそうだが、彼らと話していると殺伐《さつばつ》としてくる。もう少しアカデミックな会話ができれば気も晴れるのだけどね」

真琴はすぐに古手川を連想してしまう。確かに古手川のような男とアカデミックな会話をするというのは無理があるだろう。

「教授がわたしの申し出を受けてくれたのは、アカデミックな会話をしたいからですか」

「話の腰を折るようだが、その呼び方はどうかと思うな。わたしは既に懲戒《ちょうかい》免職を食らっている」

「わたしにとっては、いつまでも教授です。現在がどうであろうと関係ありません」

「……言うようになったものだ」

「何しろ鍛えられていますから」

「君の申し出を受けたのは意外だったからだ。まさか煮え湯を飲まされた本人に会いたいなどと考えるとは想像もしなかった」

「わたしが教授に煮え湯を、ですか」

「君ではない。煮え湯を飲ませたのはわたしの方だ。保身のために君の友人や患者を犠牲にした」

津久場はそう言ってから目を伏せた。それが罪悪感からなのか、かつての教え子に対する羞恥《しゅうち》心《しん》なのかは判然としない。

「栂野くんにしてみれば裏切り者だ。不倶戴天《ふぐたいてん》の敵《てき》といってもいい」

「少し大袈裟《おおげさ》です」

「少しということは、いくらかなりとも真実が入っているという意味だ。だからこそ興味が湧いた。少なくともわたしの知っている栂野真琴という研修医は、二年も経ってから恨み言をこぼしたくて相手の家に押し掛けるような人間ではなかったからね」

面《おもて》を上げると、津久場の目は好奇心に満ちていた。

「もちろん恨み言であっても一向に構わん。君にはその権利があるし、わたしには聞き入れる義務がある」

「伺いたいのは二年前の事件じゃありません。もっともっと昔の話です」

「年寄りに昔話をさせると長くなるぞ」

「津久場教授は帝都テレビのホームページに書き込まれた脅迫文をご存じですか」

「ああ、光崎宛ての脅迫文だろう。自然死にしか見えない方法で一人だけ殺害する。暴けるものなら暴いてみろとかいう内容だったな。どうせ光崎のことだから歯牙《しが》にもかけていないだろうが」

「それが、そうじゃないんです」

真琴は最近の光崎の様子を説明する。以前であれば全く関知しなかった犯人の境遇を気にしていること。そして殺害の動機にも興味を示していること。説明を聞き終えた津久場は合点したように頷く。

「確かに妙な話ではある。あの、死体にしか興味のない男が犯罪そのものに関心を示すとはな」

「光崎教授本人に訊いて答えてくれると思いますか」

「まず喋らんだろうな。アレは気難しい上にひねくれ者で、おまけにサービス精神は皆無だ」

「それで本日こちらに伺った次第です。教授は光崎教授と古いお付き合いでしたよね」

「何の因果か医学生の頃からの腐れ縁だよ。きっと向こうもそう思っている。ははあ、付き合いが長いわたしなら光崎本人に代わって回答できると踏んだ訳か」

津久場は面白そうに笑う。

「付き合いが長いからといって、相手のことを理解できるというのは早計に過ぎる。誤解したまま顔を突き合わせているケースもあるし、そもそも相手に興味がなければ理解もできない」

「光崎教授が興味の持てない対象だとは、とても思えません。津久場教授のように、相手のインテリジェンスに敬意を払う方なら尚更だと思います」

真琴はかつての恩師を見据えて言う。話をはぐらかさせないためには必要な態度だった。

「君の言う通り、興味深い対象ではある。腐れ縁だから相応にいがみ合い、敬遠し合い、時には同調もした。だが、それで光崎を理解したと思い込むほどわたしは浅慮ではないよ。むしろあいつの唯我独尊ぶりには未だに理解し難いところがある」

「でも昔話ならしていただけるんですよね」

津久場の揚げ足を取るような物言いになってしまったが、ここで話を断ち切らせる訳にはいかない。

「わたしが伺いたいのは光崎教授の失敗譚《たん》です。今でこそ法医学の権威と謳われる教授にも、若い頃には手痛い失敗や見当違いがあったんじゃないかと思って」

「君の言う昔話とはそういう意味か」

「わたしの着眼点は的外れでしょうか」

不意に内科で津久場の下にいた時期を思い出す。あの頃も、よくこんな風に質問を投げかけたものだ。光崎と違って面倒見のいい津久場は、至らない研修医の質問にも丁寧に対応してくれたのだ。

「決して的外れではないよ。老いぼれの特質を摑んだ的確な着眼点だ。わたしたちくらいの年齢になると最近の失敗はさほど気に留めることがない。培《つちか》った知見で充分リカバリーできるし、相応の地位や肩書があるから責任を取って償《つぐな》うこともできる。ほら、こんな風に」

津久場は己の胸を指して自虐的に笑う。

「ところが若い頃の失敗は名誉挽回《めいよばんかい》も償うこともできない。償えない失敗はいつまでも残る」

「やっぱり、光崎教授にも失敗した事例があるんですね」

「いくら斯界の権威とはいえ、最初から完璧な訳じゃない。君も自分を省《かえり》みれば分かるだろう」

「わたしは失敗が多過ぎて反省するのが億劫《おっくう》になるくらいです」

「人は失敗の数だけ学ぶ。失敗の多さに恥じるべきではなく、奮起するべきだ」

二年近く会わなかったが、津久場の物言いは以前のままなので少し安心した。

「光崎の失敗も同様だと思う。ただあいつは完璧主義だから、その少ない失敗が余計に許せないのではないかな」

「……昔からあんな風だったんですか」

「昔からあんな風だった。だから医学生仲間には敬遠され、教授からは忌《い》み嫌われた。十人が十人とも臨床医を目指す中、光崎だけは法医学に熱中していた。それだけでも結構な変わり種なのに、おまけに優秀ときている。教授の立場になると分かるが、自分よりも優れた資質の者への対し方で人の器量が分かる。残念ながら当時の教授連中は揃いも揃って小人物が多くてね。光崎のような突出した才能はある教授からは怖れられ、ある教授からは徹底的に嫌われた。ただし光崎を深く知る者は共通して彼に敬服していた。それは多分事実だったろう。光崎についての悪評はもっぱら人格と人当たりについてだけだ。彼の知性やメスの腕前をこき下ろす者は一人もいなかった」

「あの、それってお二人が何歳くらいの時の話ですか」

「今の君とさほど変わらない。三十になるかならないかの頃だよ」

聞かなければよかったと後悔した。元より比較しようなどとは思わないが、比べたら比べたで途轍もなく絶望してしまう。片や教授連中から一目置かれた存在だというのに、こちらは未だ法医学教室のお荷物になりかねない粗忽《そこつ》者ときている。

「光崎にとって不運だったのは指導教授に恵まれなかったことだ。当時、法医学教室を受け持っていたのは蜷川《にながわ》教授だった。この蜷川教授が一番光崎を嫌っていたのではないかな」

「嫌われたのは光崎教授が優秀だったからですね」

「それもあるが、最たるものは志向の相違だね。もうとっくに他界された人だから悪口は言いたくないが、医療技術よりは肩書を求め、スタッフの信頼よりは教授会での発言力を求めた」

つまり現在の光崎とは正反対だったという訳だ。

「今はずいぶん改善されたが四十年も前、県内の解剖事情はお寒い限りで、まともに司法解剖ができる設備を持っているのは浦和医大だけだった。当然、県警からの解剖要請は浦和医大に集中するが、解剖すればするほど赤字になる構造だから蜷川教授にやる気など出るはずがなかった。法医学教室の不人気は今よりもっと顕著であったしね」

昔話であるはずなのに現状とあまり差異がないことに失望する。真琴とて光崎がいるからこそ法医学教室に籍を置いている。仮に他の教授であったら、一カ月も経たずに逃げ出しているだろう。

「だが一方、大学という場所には明確なヒエラルキーがある。教授と助教授では更に大きな主従関係になる。光崎が何を望み何を目指そうが、蜷川教授が立ちはだかっている限りは徒労に終わる。しかし光崎が真に不運だったのは、ついた教授が無能だったことではなく、自らが法医学者として有能過ぎる点だった」

「二人が衝突でもしたんですか」

「衝突などという聞こえのいいものじゃない。あれは光崎の自損事故のようなものだな」

津久場は記憶を巡らすように虚空《こくう》を眺めた後、ぽつぽつと話し始めた。

まだ光崎が法医学教室の助教授であった頃、当時の浦和市内で小学三年生の女児が下校途中に死亡した。一緒にいた児童の話によると、彼女は急に胸を押さえて苦しみ出し、そのまま路上に倒れたのだという。

ちょうどその頃は児童の突然死が世間で取り沙汰《ざた》されている時期でもあった。死亡原因のほとんどは心筋炎や不整脈などの心疾患であり、検案要請に駆けつけた医師はこれも心疾患による突然死と診断。検視官も医師の判断を尊重し事件性なしと判断した。女児は母親の育児放棄によって施設に収容されており、母親は司法解剖を望んだが事件性なしと判断されたので解剖費用は遺族が負担するしかなく、泣く泣く諦めた次第だ。

「この検案に当たったのが蜷川教授だ。だが同行していた光崎は教授の判断に異を唱えた。心疾患でないとは言わないが、せめて解剖するべきだと。理由はわたしも知らないが、光崎には腑に落ちない点があったのだろう。遺族に費用がないのなら行政側か大学側が負担するべきだと主張した。しかしいくら有能だからといって助教授ごときの進言が通るはずもなく、通るにしても蜷川教授に阻《はば》まれた。結局遺族は泣き寝入り、光崎も教授に一喝されて終《しま》いさ」

ところが事件は終わっていなかった。二カ月後、またも浦和市内で同様の事件が発生したからだ。

二人目の犠牲者となった女児は授業中に身体の不調を訴え、保健室に移されてから間もなく絶命した。これは直ちに行政解剖に回されたのだが、その結果女児の体内からは致死量を上回る砒《ひ》素《そ》が検出されたのだ。

「突然死などではなく、れっきとした殺人事件だった。急遽、捜査本部が置かれ、女の子の身辺が捜査された。被害者が頑是《がんぜ》ない子供で世間やマスコミが注目したお蔭か、犯人はすぐに逮捕された。農家の次男坊で小児性愛者の男だった」

「彼は自白したんですか」

「あっさりとね。登下校の途中で目を付けた女の子を誘っては性的な悪戯をしていたらしい。使っていたのは野ネズミ駆除用に購入していた殺鼠剤《さつそざい》だ。最初の子は施設の子だからと高を括っていたが、そのうち先生に言いつけると言ったものだから殺意が湧いた。女の子は施設のもの以外はほとんど口にできないから、会う度にお菓子やらジュースやらを与えていたのだがその中に砒素を混入したらしい」

砒素は遅効性だが劇薬であることに変わりはない。小児であれば致死量未満であってもひとたまりもなかっただろう。

「一人目で味を占めた男は間もなく二人目の女児に手を出す。全くもって浅はかな心理と行動だ。二人目の体内から検出された砒素の成分で殺鼠剤の使用が割れ、後は目撃情報と自宅の農機具小屋から押収された殺鼠剤の成分が一致。犯人には逃げ場がなく、あえなく最初の犯行も自白した。だがそれで事件が収束した訳ではなかった。そもそも最初の事件で解剖さえしていれば第二の事件は防げたという声が上がり、非難は浦和医大法医学教室に飛び火したのだ」

「それって完全にお門違いですよね」

「うん。しかしヒステリックになった野次馬たちに理性を取り戻せと言っても無理な話だ。そして、そういう野次馬たちを満足させるために有象無象《うぞうむぞう》の記者たちが存在する。記者たちは法医学教室に群がった。見事だったのは蜷川教授の立ち居振る舞いだ。病死と診断したのは自分であったにも拘わらず、マスコミ対応を事もあろうに光崎に丸投げした。どうなったか、君なら想像がつくだろう」

「ええ、まるで手に取るように」

「ああいう男だから逃げもせず、さりとて自己弁護もしなかった。『遺族が解剖費用を捻出できなかったのが原因だ』と、火に油を注ぐような台詞《せりふ》を言ってのけた」

想像した通りの展開だったので、真琴は短く嘆息した。

「それが蜷川教授の思惑だったのかどうかは確かめる術《すべ》もないが、世間の非難は一気に光崎に集中した。元より事件性なしと最終的な判断を下したのは検視官であるにも拘わらず、費用の問題を口にした光崎に世間が敵意を抱いたのだ。知らぬ存ぜぬを決め込んで回避すればよかったものを、正面切って対峙しようとするから大怪我をする。自損事故というのはそういう意味だ」

「光崎教授ご自身は後悔しているんでしょうか」

「わたしも本人に訊いたことがないから分からない。訊く気にもならないしね。ただ、あいつは反省しても後悔しない人間だが、それでも自分に発言力がないばかりに犠牲者を増やしてしまったのには忸怩《じくじ》たる思いがあるのではないかな」

今回に限り光崎が犯人の素性と動機を気にする理由。確信するまでには至らないが、遠因が見えたような気がした。

「いち医大の助教授ごときに権威もへったくれもないが、今も昔も下世話な人間に限って肩書のある者の凋落《ちょうらく》を悦《よろこ》ぶ。しばらくは光崎へのバッシングが続いた。浦和医大には抗議電話と投書が押し寄せ、事務局の回線はいっときパンクしたそうだ」

聞いているうちに胸糞が悪くなった。つまりは光崎一人を生贄《いけにえ》にして、蜷川教授も警察も頬被りをしただけではないか。

「しかしまた下世話な人間に限って熱しやすく冷めやすい。七十五日も待たずに電話も投書も止んだ。擁護するつもりはないが、当時の浦和医大の教授会にはバランス感覚と贖罪《しょくざい》の意思があった。どんな根回しや工作が行われたかは定かではないが、翌々年に蜷川教授は免職、その穴を埋めるかたちで光崎が教授に昇格した。その頃には世間も事件を忘れていたから、大学側にしてみれば罪滅ぼしをする頃合いだったし、元々不人気の法医学教室の教授の首を挿《す》げ替えるくらいはお安い御用だったんだろう。いずれにしても光崎の教授昇格にはどこからも文句は出なかった。異議があるとすれば光崎本人だけだった」

何故と問う必要もない。自分の至らなさで女児一人を犠牲にした挙句に得られた教授の椅子など、あの光崎が有難がるはずもなかった。

「肩書を望んだ人間は放逐され、望んでいなかった人間が祭り上げられる。とかくこの世はままならないものだ。そうは思わないかね」

「でも教授という肩書がなければできないこと、断れないことってありますよね。光崎教授にとっては望んでいなくても必要な肩書だったんじゃないでしょうか」

するとと津久場は意外そうに眉を顰めてみせた。

「二年以上光崎の下で働いていて未だにその程度の認識とは少々情けない。栂野くん、あの野蛮人が肩書でモノを言う男だと思うのか。そんな与《くみ》しやすい相手ならわたしも苦労しなかった」

二の句を継げずにいると、バッグに収めたスマートフォンから着信音が鳴り響いた。元恩師の前なので本来であればマナーモードにしておくべきだったが、後悔した時には遅かった。

しかも発信者はあの古手川なのだ。

「あの」

「構わんよ。早く出なさい」

一礼してから通話ボタンを押す。途端に無遠慮な声が居間に広がる。

『あ、真琴先生。古手川だけど』

少しは時と場合を考えてくれと叫びそうになるが、生憎相手はこちらの置かれている状況など知る由《よし》もない。せめてこちら側で対応するのが精一杯だ。

「はい、栂野です。どういったご用件でしょうか」

『あれ。タイミングまずかったかな』

「今、以前の恩師のご自宅に伺っています」

『以前の恩師って……津久場教授かい』

「はい」

『後で掛け直そうか』

「構いません。教授の許可をいただいています」

『じゃあ遠慮なく。ついさっき、法医学教室の面々に診てほしい案件が出た。乳児の突然死だ』

「病院内ですか」

『そうだ』

「病死なら病理解剖が可能なはずです。そちらに回せない事情でもあるんですか」

『父親が病死なのは明らかだと言い張って解剖を許そうとしない。この父親が産科の医者だから二重の意味で障壁になっている。いや、真琴先生たちにすれば三重かな』

「どういう意味ですか」

『死亡したのは吉住真矢ちゃん、生後五日。父親は浦和医大産科・婦人科の吉住教授。つまり真琴先生たちの身内だよ』

2

真琴が法医学教室に戻ると、例のごとく古手川とキャシーが待ち構えていた。

「古手川刑事から大体聞きました。ワタシはショックを受けています」

キャシーはにこりともしなかった。

「ホームページに書き込まれた脅迫文のことは大学関係者全員が知っているはずです。それなのに解剖を拒否するなんて言語道断ではありませんか」

「でもね、キャシー先生。亡くしたのは自分の愛娘《まなむすめ》だし、産科の先生が下した判断に異議を唱えられる人は少ないですって」

「少ない。つまりゼロではないという意味ですね」

「いや、別に先生たちを焚《た》きつけるつもりは毛頭なくて」

「つもりがなくてもワタシたちがエキサイトしたのなら結果的には同じです」

キャシーは今にも吉住の許に押し掛ける気満々の様子だった。普段は飄々《ひょうひょう》としているが、一度闘争心に火の点いたキャシーは古手川よりも手に負えない。

「頭に血が上ったキャシー先生は俺より手に負えないからなあ。事は同じ大学関係者同士なんだから、できるだけ穏便に」

「古手川刑事はまるでワタシを破壊兵器のように言いますが、ワタシにもそれくらいの分別はあります。ただし解剖を拒否する理由が単なるセンチメンタルや、オーソリティーにありがちなヒューマンエラーであるなら、断固として解剖を勧《すす》めます」

「そういうことなら、まあ」

放っておくと二人とも飛び出しそうな勢いなので、真琴は津久場から聞いた話を伝えることにした。タイミングの問題ではなく、光崎の過去は早急に共有化する必要がある。

「何だ。今頃津久場教授を訪れるなんて変だと思っていたらそういう事情か」

「ナイスチョイスです、真琴。確かにボスを一番深く知っているのは彼でしょうからね」

光崎の助教授時代に起きた事件の内容を知るに及び、二人は腕組みをして黙り込んだ。光崎に心酔しているキャシーなどは、露骨に憤慨しているようだった。

「典型的なアカデミズム・ハラスメントですね。ボスがそんな仕打ちを受けていたなんて想像するだけで破壊衝動が発生します」

「ほら、やっぱり破壊兵器じゃないですか。だけど真琴先生。その女児連続殺人事件で光崎先生が後悔しているらしいというのは分かるけど、それと犯行予告を出した犯人とどう繋がるって言うんだい」

「分かりません。でも教授がいつもと違う反応を見せるのにはよほどの理由があると思うんです」

「古馴染みが知り得る、光崎先生最大の後悔か。確かに何らかの関連があってもおかしくないよな。まあ、本人に直接訊くのが一番手っ取り早いんだけど」

「光崎教授が素直に答えてくれると思いますか」

「……絶対に無理だろうな」

そこにキャシーが割って入った。

「二人とも可能性ゼロに近い相談は後回しにして、今できることからしませんか。幸か不幸か現場は大学構内です」

もちろん二人に否はなかった。


ナースステーションで吉住の居所を確認すると、西病棟の回診中なのだという。同じ大学の職員なので、娘が死んだ直後もルーチン業務をこなさなければならない立場についい同情を覚える。

一方部外者の古手川は冷静さを失わず、死亡した乳児が既に霊安室に移されているのを確認した。

「よく母親が納得しましたね」

古手川が問い掛けると、受付の女性は気の毒そうに目を伏せた。

「場合が場合ですから奥様の傍に寝かせておくこともできたんですけど、それだと却って家内が悲しむばかりだと言われて」

我が子の亡骸を傍に置きたい気持ちも置きたくない気持ちも両方理解できる。ふた親ともさぞ辛いだろうと、真琴は再び同情する。

「死亡した乳児の死亡診断書はもう作成されたんですか」

「さあ、そこまでは……まだ提出はされていないようですけど」

現状、死体は霊安室に保管されているが、慣れた者なら死亡診断書の一枚くらいは数分で仕上げることができる。古手川が危惧しているのは、捜査に着手する前に死体を火葬されてしまうことだろう。

ただし回診の邪魔をする訳にはいかず、一行は吉住一重の病室に向かうことにした。

「あの、古手川さん」

一瞬余計な気配りだと思ったが、よく考えれば必要な配慮だと判断して話し掛ける。

「色々質問したいことがあるでしょうけど、生後間もない子供を亡くした母親なんだから少しは気を遣って」

「言われるまでもないよ」

古手川はさも当然のように断言してみせるが、多少なりとも彼の性向を知っている真琴は決して安心できない。

教えられた病室の前までくると中から話し声が聞こえていた。一方は泣き声になっているので一重が悲嘆に暮れているのだろうか。

古手川がドアを開けると、病室には三人の男女がいた。枕に顔を突っ伏している女性が一重だろう。その傍らで彼女を心配そうに見下ろしている車椅子の老婆、そして車椅子のハンドルを握る四十代後半と思しき男性。

男性は古手川を見るなり、驚いたように目を見開いた。

「刑事さんじゃないですか」

「ああ、あんたは水口さんの事件の」

古手川に尋ねると、水口琢郎の事件で関係者だった宍戸という介護士とのことだった。

「しかし、どうして宍戸さんがこんなところで」

「こんなところって、わたしは吉住さん……この吉住タキさんの担当なんです。刑事さんが来たということは、お孫さんの死亡も事件だと疑っているんですか」

するとと、今まで二人のやり取りを傍観していたタキが割って入ってきた。

「え、何なの宍戸さん。この人たちは真矢ちゃんのことが事件だと言ってるの」

「そうみたいですよ、タキさん。この刑事さんは県警の捜査一課に勤めていて、殺人とか強盗とかの凶悪犯罪を担当しているんです」

見る間にタキの顔つきが険しくなる。

「警察は出ていって。義娘《むすめ》の悲しんでいる姿が見えないの。初めての子供を亡くしてずっと泣いているのよ。それなのに殺人だとか強盗だとか」

「いや、そうと決まった訳じゃなくてですね。仮に事件性がなくても解剖して死因を特定するのは最低限で」

「解剖」

今度は突っ伏していた一重がのそりと顔を上げた。

「あの子を、真矢を解剖するっていうの」

ずっと泣いていたというのは事実らしく、一重の目は真っ赤に腫《は》れ上がっている。

「まだ、たった五日しか生きられなかった娘なのよ。死んじゃったのよ。それなのにこの上解剖するっていうの。あ、あんまりよ」

彼女の古手川を見る目は悲痛と憎悪に塗れていた。

「あなたたちには血が通っていないの」

同性の立場で取りなそうとした時、先にキャシーが前に出てきた。

「悲しいのは理解しますが、死因が特定できなければいつまでも悲しいままですよ」

いきなり喋り出した紅毛碧眼の人間に、三人は意表を突かれた様子だった。

「メスを入れても、もう彼女は痛みを感じません。でもあなたたちの痛みは癒《い》やされないままなのです。ベビーへの思いを断ち切るためにも原因を追究するべきです」

「何を言ってるのよ、この外国人」

一重は憎悪の目を古手川からキャシーへと移す。

「どうして思いを断ち切らなきゃいけないのよおっ」

「どんなに思い続けても死者が甦る確率はゼロです。加えて死者を思い続けることは生きる意志を放棄する原因に」

たちまち真琴の頭の中で警報が鳴り響く。キャシーの死生観は論理的に過ぎ、少なくとも患者の死んだ病室や通夜の席で披露するものではない。

「ちょっ、キャシー先生」

尚も言葉を続けようとするキャシーの腕を取り、半ば強引に退場させる。

「ここはわたしたちに任せて外で待機していてください」

「何ですか真琴。ワタシはまだ説得が終わっていないのですよ」

「いいからっ」

キャシーを病室から追い出してから、改めて三対二の攻防となった。

「やっぱり警察官としては解剖してほしいですね。病院で亡くなったのだから本来は病理解剖でしょうが、この際形式には拘りません」

「嫌、嫌、嫌あっ。絶対に嫌あっ」

一重の抗議は叫び声と化していた。

「主人を呼んで。浦和医大の教授で産科の先生なのよ。その人が解剖なんてしなくていいと言っている。このまま真矢を弔《とむら》ってやれると断言している。あなたたちが反論できるの」

権柄《けんぺい》づくは見ていて気持ちのいいものではない。夫の権威を笠に着るのは尚更だ。だが愛娘を亡くした直後の母親の心境を思えば、それも当然かもしれなかった。

「あたしたちの子供よ。どうするかはあたしたちが決める。警察の言いなりにはならない」

わたしも、とタキが加勢する。

「こんなざまで身体は不自由だけど、頭も言葉もはっきりしている。もし警察が無理やり解剖を進めるのなら、息子ともども親族を挙げて抗議します」

生憎吉住の一族がどれほど立派な家柄なのか、学内派閥に不案内な真琴には知る由《よし》もない。そしてまた、孫娘のために親族を挙げてなどと言い出したタキの気持ちも分かる。母親と祖母。家名を脅しに使うくらいだから未だに旧弊な家父長制度が色濃く残った家柄を想像させる。女の立場は決して強くないだろうから、敢えて一族の名前を口に出す。そうまでしても孫を護りたいのだ。

「しかしですね。これが何者かの仕組んだ事件だった場合、犯人をみすみす取り逃がすことになります。お子さんを殺した犯人をこのまま自由にさせていいんですか」

「病気だと言ったら病気なんです」

「あなた、母親の言っていることが信用できないっていうの」

「今すぐ出てって」

「出ていったところで、埼玉県警にはきっちり抗議しますけどね」

母親と祖母に睨まれて、古手川は言い返すことすらできない。そう言えば古手川の家族は早くから離散しており、そのせいか彼は母親という属性に対して及び腰な一面がある。今は母親の母親が加わっているから尚更腰が引けているのかもしれない。

ならば自分が前に出るしかない。

「自己紹介が遅れました。この大学の法医学教室に勤める助教の栂野と申します」

一重とタキはあら、という表情でこちらに向き直る。

「お子さんを亡くされた悲しみ、お察しします。出産の経験はありませんけど、わたしも女なのでお二人がどれだけ辛いか想像はできます」

それなら、と一重が畳みかけるのを抑えて言葉を続ける。

「でもわたしは一方で法医学教室に学び、死因を特定することで医学に貢献したいと願っている者です。全ての遺体は解剖され、見込みが正しいか間違いかの区別なく死因が究明されるべきだと考えています。吉住教授の見立て通り真矢ちゃんが突然死だったとしても、解剖することで他の乳幼児の突然死を防げるかもしれません」

論理一辺倒のキャシー流ではなく、遺族感情を踏まえた上の物言いをしたつもりだった。傍で聞いていた古手川も納得顔で頷いてくれている。一重とタキも途中で口を挟むような真似はしない。

だが意外な伏兵が異議を唱えた。タキの背後に立っていた宍戸だった。

「あの、第三者のわたしが口を出すのもアレなんですが、栂野先生や刑事さんの言っていることは犯人を逃がさないためとか他の乳幼児を護るためとか全部建前ですよね。でもタキさんと一重さんが言っているのは本音です。家族を荼毘に付すという場面では、本音の方がずっと理に適っているような気がします」

何を横から勝手なことをと思ったものの、宍戸の言説には一理も二理もある。建前と本音、言い換えれば論理と感情。子供を亡くしたばかりの遺族はどうしても感情が優先する。我が子を失うなど自分の一部がなくなってしまうに等しい。深く重い悲しみの前では、権力も組織の論理も塵芥《ちりあくた》に過ぎない。

宍戸の言葉を得てタキの声が強くなる。

「ほら、何も関係のない宍戸さんの方が道理を分かっているじゃないの。恥を知りなさい、恥を」

タキの言葉も辛辣だったが、それ以上に一重の視線が痛かった。古手川はと見れば、遺族感情を説得できる言葉が見つからない様子で明らかに焦れている。ここは自分が盾《たて》と矛《ほこ》になるしかなさそうだ。

再度反論しようとしたその時、ドアを開けた者がいた。

「何だ、騒々しい」

入ってきたのは吉住だった。どうやら回診を終えて戻ってきたらしい。

「あなた」

夫の姿を見るなり、一重は縋りつかんばかりに上半身を乗り出す。

「この人たちがわたしから真矢を奪おうとするの」

「……あまり穏やかな話じゃなさそうだな。君はウチの大学の白衣を着ているようだが」

哀しいかな、こちらは吉住を知っていても、教授職に就いている者が他部署の助教を全員知っているはずもない。

「法医学教室で助教をしている栂野といいます」

「ふん。光崎教授のところか。大体の話は説明されなくても分かる。真矢の遺体を解剖に回せというのだろう」

蔑《さげす》んだ口調で、はや対応が知れた。

「生命に危険を及ぼすような肉眼的所見は認められない。それにも拘わらず突然の呼吸停止と体温低下。中枢性防御反射の未成熟により、短時間の無呼吸状態から脱せられなかったのが原因と思われる。典型的なＳＩＤＳ（乳幼児突然死症候群）だ。解剖するまでもない」

真琴は思わず耳を疑った。そもそもＳＩＤＳの定義は『それまでの健康状態および既往歴からその死亡が予想できず、死亡状況調査および解剖検査によってもその原因が同定されない、原則として一歳未満の児に突然の死をもたらした症候群』だ。当然診断には剖検《ぼうけん》が含まれ、何らかの理由で解剖も死亡状況調査もできなければ診断は不可能となる。もしＳＩＤＳと診断するのであれば直ちに警察に届け出て、検視の上で司法解剖あるいは病理解剖を施す必要がある。

ところが吉住は最低限必要な解剖手続きを省略してＳＩＤＳと判断を下している。前提もなくいきなり結論を出すようなもので、およそ医師の診断とは思えない。

「死亡状況調査も剖検もなしにＳＩＤＳと診断するんですか」

「警察に届け出るかどうかは担当医の裁量に任されている。死亡状況調査にしても外部要因が見出せなければ、やはり担当医の知見に照らし合わせて実施するしかない」

まるで理屈にもなっていない。これではまるで強権発動ではないか。

「不服そうな顔をしているな、栂野助教。では君はわたしの産科医としてのキャリアや知見に疑問を持っているのかね」

この場にキャシーがいれば、やはりアカデミズム・ハラスメントと騒ぎ立てることだろう。面と向かって話すのは初めてだが、これほど横暴な物言いをする男とは思いもよらなかった。同じ横暴でも理に適った持論を押し付ける光崎の方が数倍ましだ。

吉住の裁量があれば鬼に金棒とばかり、一重とタキは勝ち誇ったような笑みを浮かべる。もっともそれは真琴の思い過ごしで、援軍の到着にほっと表情が緩んだだけかもしれなかった。

黙っていた古手川が耳打ちしてくる。

「真琴先生。今、教授が口にした中枢性防御何とかの説明は正しいのか」

「正しいというかあくまでも一説であって、ＳＩＤＳの原因はまだ分かっていません。だからこそ解剖実績を重ねて検証していく必要があるんです」

早速、吉住が聞き咎めた。

「少ない経験値に比べて言うことは大層だな」

あからさまな挑発だったが、さすがに腹に据えかねた。

「失礼ですが、吉住教授でしたら法医学教室の実情はご存じですよね」

「たったの三人で回しているそうじゃないか。元々法医学教室は希望者の少ないジャンルだが、不人気ここに極まれりだな」

「ええ、とても不人気で年間数百体の解剖をたったの三人でこなしています。だからわたしみたいに嘴《くちばし》の青い助教でも経験値はそこそこあります。加えて指導をいただいているのは光崎教授です。他大学の法医学教室と比較しても内容は充実していると自負しています」

「光崎か」

吉住は不味いものを舌に載せたような顔をした。

「その名前も解剖を消極的にさせる要因だ。虎の威《い》を借りているつもりなら全くの逆効果だな」

己を貶められるよりも光崎を悪し様に言われる方が許せなかった。

「お言葉を返すようですが、法医学の世界では光崎教授を信奉している者は少なくありません」

「ふん。信者の数を誇示するのなら、ここに全員連れてきたらどうだ。第一、わたしや妻の前で光崎の名前を出すのは不謹慎の誹りを免れない」

「どういう意味でしょうか」

真琴には本当に意味不明の言葉だったので質問した。ところが問われた方の吉住は不審げな顔を見せた。

「まさか本当に知らないのか」

「ですから何を」

「四十年ほど前、法医学教室の担当は蜷川教授。まだ光崎は助教授だった」

「それは存じていますけど」

「ある時、女児の連続殺人事件が発生し、最初に病死と診断した蜷川教授は続く二件目を防止できなかったとして教授会によって処分された。後釜《あとがま》に座ったのは自ら汚れ役を引き受けた光崎だった。世間の見方はともかく、心ある者には蜷川教授の失脚は光崎が教授会と結託した策謀にしか見えなかった」

「それが吉住教授とどんな関連があるんですか」

「ここにいる妻の一重は蜷川教授の一人娘だよ」

真琴はあんぐりと口を開けた。

3

「めぐるめぐるよ因果はめぐる、か」

病室を追い出された古手川はかの名曲に乗せて皮肉る。

「さっきの因縁を知れば、蜷川教授の実子と娘婿《むすめむこ》なら光崎先生憎しが先にきても仕方ないとつくづく思う」

訳知り顔で言うので、真琴はついからかいたくなる。

「何だか、身に覚えがあるみたいな言い方」

「県警内部でも論功行賞や報復人事は現実に存在するからね」

こと人事や評価には無関心なのだろうと決めつけていたので、古手川の台詞は少し意外だった。

「何をぽかんと人の顔を」

「古手川さん、そういうのに全然興味がないと思ってた」

「これでも公務員だから興味が全くない訳じゃないよ。渡瀬班に配属されたばかりの頃は出世することがいつも念頭にあった……って、だから何で人の顔をまじまじと見てるんだよ」

「出世が念頭にある人の立ち居振る舞いじゃないよね。今の古手川さんって」

「班長を見ていると、自然にそういうのが見えてくるんだよ。ああいう人だから課長や刑事部長はおろか本部長からも煙たがられているけど、検挙率では群を抜いているから誰も何も言えない。だけど班長の足を引っ張りたい連中は山ほどいる。警察の中じゃ検挙率の高さは一種の勲《くん》章《しょう》だからさ」

「嫉妬みたいなものかしら」

「女の嫉妬がどんなものか俺にはあまりぴんとこないけど、男の嫉妬や怨みが凄絶《せいぜつ》で執拗《しつよう》なのは知っている。大学教授の職を追われた蜷川教授とその家族が光崎先生を執念深く恨んでいるのもよく分かる」

古手川は短く嘆息する。

「今までも司法解剖を嫌った事例は少なくなかったけど、あれは死んでしまった家族に対する執着心がさせたことだ。ところが今回は光崎先生に対する恨み辛みが加わっているから、余計にハードルが高い」

「ハードルを高くしている要因はもう一つある」

「何だよ」

「対象が生後一週間にも満たない乳児だという事実。まだ母親になったことはないけど、産んで間もない我が子を解剖される気持ちを想像すると、ちょっと居たたまれない」

　それは真琴自身も辛い。敢えて口にはしないが、乳幼児の死体にメスが入る時の虚無感は相当に堪える。

「でも、これで逃げたら絶対に後悔するんだよな」

　古手川は物憂げに頭を掻く。

「後になってあれはやっぱり殺人だったと分かった時、きっと取り返しがつかなくなっている。それくらいだったら、たとえ多少の無茶をしても今できる全てをしておいた方がいい。せずに後悔するより、してから反省する」

「わ、すごい名言。でも、きっと班長さんの受け売りなんでしょ」

「いいや、これは俺のオリジナル。失敗と後悔の数なら誰にも負けないからさ。自然にそれくらいの知恵はついた」

　自慢できることかと真琴は鼻白むが、失敗から得た教訓はそれなりに説得力がある。

「じゃあ、後悔しないためにまず何をしますか」

「主治医が病死を主張して死亡診断書を作成しているから、最低限、鑑定処分許可状をとる必要がある。しかし許可状があっても吉住教授たちは最後まで抵抗するんだろうなあ」

「抵抗されたらどうします」

「反撃するまでだ」

真琴は頭を抱えたくなる。もしかしたら別の回答が返ってくるかと期待した自分が馬鹿だった。後悔より反省を選んだという割には、無理には無理で対抗する単純さは相変わらずだ。

せめて古手川に渡瀬や光崎のような老獪さが備われば——そう考えて慌てて打ち消した。直情径行に皮肉と唯我独尊が加われば、ただの性格破綻《はたん》者ではないか。

「死んだ赤ん坊は母親と同じ病室にいたんだよな」

「正常分娩で新生児室から移されるのが早かったと聞いています」

「通常の病室に監視カメラは設置してあるのか」

聞いた瞬間、病院勤めと部外者では常識の境界線が異なるのだと再認識した。

「医療施設の病室で監視カメラが設置してあるのはＩＣＵ（集中治療室）くらいですよ」

「でも生後間もない赤ん坊とか、ちょっとしたことが危険に直結するんじゃないのか」

古手川の言葉が思いがけなく思考の死角を突く。新生児は免疫力が乏しいという点で、古手川は正鵠《せいこく》を射ている。

「……新生児室も定期的に見回って異状があるかないかを確認するだけです。集中治療ではない患者さんの病室に監視カメラは設置されていません」

他の医療施設がどんなマニュアルかは知らないが、少なくとも浦和医大では研修医の時分にほぼ全ての科を回っているので実状を知っている。大学病院は医療施設と同時に研究施設としての性格を併せ持つ。当然そこに介在するのは予算と経費のせめぎ合いであり、絶対に必要なもの以外はマンパワーに頼らざるを得ない。新生児が脆弱だからといって四六時中監視するための費用は掛けられない。

答えを聞いた古手川は案の定、渋い顔をした。

「監視されていなかったとすると、病室で何があったかは藪の中ってことになる。病室に入った人間の証言だけが頼りだが、全員が身内じゃあ彼らに不利な証言なんか出る訳がない」

解剖しさえすれば真の死因が解明できる。だが解剖する名目として、その死の不審な点を提示し署長を納得させなければならない。司法解剖が制度化されていないジレンマだった。

「証言が当てにできないのなら、疑わしいという状況を積み重ねていくしかないな」

「どういう意味ですか」

「赤ん坊が死ななければいけない状況があったのか。または赤ん坊が死んで得をする人間がいるのか」

およそ人として冷酷な設問だが、その冷酷さと日々向き合っているのが古手川たち警察官なのだと改めて思い知らされる。

「ただし短期決戦だ。明日になれば吉住教授は赤ん坊の遺体を引き取って火葬にしちまう。材料を集めるには今日しかない」

「ですね」

「そこで真琴先生に頼みがある。吉住教授の家庭の事情、訊き込んでくれないか」

一瞬、返事に窮した。

「わたしがですか」

「大学病院の中では歴然たるヒエラルキーがあるんだよな」

光崎の傍若無人ぶりが許されるのも、一つには大学内部のカーストじみた序列が存在するからだ。時折他の研究室の助教から話を聞く限り、光崎以上に権勢を振るっている教授は少なくないらしい。

「ヒエラルキーがある組織ってのは外部からの圧力に抵抗するだろ」

「元々、組織は防衛本能が働くから」

「現状、俺が訊き込みしても関係者の口が堅くなるのは目に見えている。でも、身内は別だ。教授にスキャンダルめいた噂があれば、すぐに広まる」

「確信をもって言われると、あまりいい気はしません」

「怒るなよ。でも満更《まんざら》的外れじゃないだろ」

的外れではないから、いい気がしないのだ。ヒエラルキーがあれば大抵不平不満が鬱積する。鬱積したままでは精神的にも肉体的にも支障が出るから、どこかでガス抜きが必要になってくる。助教なり看護師なりの間でゴシップが飛び交うのは、一種の必要悪と言えた。

「わたしが吉住教授の噂を拾うとして、古手川さんはどうするんですか」

「過去の事件を洗い直してみる」

どの事件を指しているのかは聞かずとも分かる。光崎が非難の矢面に立たされた連続女児毒殺事件だ。

「今回の事件と全くの無関係とは思えない。幸い過去の捜査資料なら警察にデータが残されているはずだ」

「お互いのホームグラウンドで調べろってことね」

「一番効率的で、一番ストレスがないと思わないか」

「効率的かもしれないけど、決してストレスがない訳じゃないです」

むしろ後々のことを考えれば、仲間に弓を引いた者として糾弾される惧れがある。調べた挙句、吉住に一点の曇りもなければこちらがいい笑いものになる。

だが既に真琴は毒されている。後悔よりは反省を選ぶ者たちの集団に染まっている。

若き日の光崎が上下関係の柵《しがらみ》で女児の解剖を諦め、結果的に連続殺人を許してしまった時、どれほどの悔恨《かいこん》に苛《さいな》まれたか。それを思えば、柵や評判を優先させる訳にはいかなかった。

「時間を区切りましょう」

真琴は自ら提案した。

「吉住教授がいつ遺体を引き取るのか分かりませんが、外来受付が開いている間は教授も自由に動けないはずです。タイムリミットは午後六時」

「分かった。それまでに洗っておく」

言うが早いか、古手川は廊下の向こうへと駆けていった。こういう時の動きは本当に俊敏だと思った。

古手川と別れた真琴は看護師詰所へと足を向ける。ヒエラルキーが存在する場所では当然ながらテリトリーが発生する。同じ立場の人間のみが集い、他の階位の人間は必要がない限り立ち寄らないところ。

浦和医大において、看護師詰所とはそういう場所だった。

「大変ですねえ、法医学教室の先生って」

産科・婦人科を担当している看護師たちを片っ端から当たると、最初に掛けられる言葉は大抵それだった。勤務体系の話ではなく、腐敗臭が肌や髪に染み着く現象をまず気の毒がられた。

「はい。お蔭でシャンプーの減り方は普通の三倍です」

「でしょうねえ」

「消臭剤も減りが早いし、洗い過ぎで服の寿命が極端に短いです」

「でしょうねえ」

「あ。でもいいこともあるんです。死体が相手だと乱暴な口を利かれることもないし、下の世話もしなくていいし」

研修医の頃から看護師たちが置かれている労働環境は見知っている。彼女たちの憤懣も我がことのように分かるので、共感を得るのに大した手間は要らなかった。

「大学病院の給料がこんなに薄給だなんて想像もしなかった」

「慢性的に人が足らないし」

「拘束時間、めっちゃ長いし」

ひとしきり大学病院への悪口を言い合うと、相手の舌も滑《なめ》らかになってくる。しかし、そこから先が難関だった。浦和医大という組織への非難は口にできても、吉住教授への批判はなかなか話そうとしない。吉住の人徳にもよるだろうが、看護師たちも口外していいことと悪いことの区別はついているようだった。

「愛妻家よねー。奥さんが入院している間、ずっと経過を気にしていたし」

「娘さんが無事生まれた時、涙ぐんでるのを見た。最近じゃ珍しいよね」

「あんなに大事にされてたら奥さんの方だって尽くしたくなるわよねー」

彼女たちの証言から浮かび上がる人物像は、よくできた夫であり父親だった。夫婦仲もよく、吉住本人も潔癖症であるのが窺える。

「だからね、生後たった五日の娘さんを亡くしたと分かった時の消沈ぶりなんて見てられなかったもの」

「そうそう、NICUから出てきた時は先生が死にそうな顔をしていて。初めてのお子さんだったしね」

聞けば聞くほど吉住の印象は向上していく。第一印象が挑発的だったので落差は尚更だ。

次から次へと当たっていくうち、吉住のことを一番古くから知っている小柴《こしば》という女性看護師からも話を聞くことができた。小柴の吉住評もまた好意的なもので、真琴は光崎のそれと比較せざるを得ない。

そしてふと気になった。

「真矢ちゃんはご夫婦の第一子だったんですよね」

「うん。吉住先生、晩婚だったから」

「下世話な話だけど、吉住教授のご実家は資産家なんでしょうか」

「違うと思う」

小柴は言下に答えた。

「うろ覚えだけど実家は普通のサラリーマン家庭だと言ってた」

「それじゃあ奥さんの実家はどうなんですか」

「ああ、蜷川元教授でしょ。うーん、これはまた聞きになるんだけど、浦和医大で教授職を退任してからはどこにも再就職しなかったらしいし、自宅は郊外の建売住宅だし、少なくとも資産家とは言えないよね」

次に小柴は真琴の顔を窺い見る。

「ひょっとして真矢ちゃんの死が相続争いに関連するとか考えてるの。だったらまるで見当違い。争うに値するような財産なんてないんだもの」

真琴は自然に頷いてしまった。

「生まれたばかりの乳児に憎しみを抱く人もいないしね。真矢ちゃんが死んで得をする人間なんて一人もいないのよ。栂野先生がわたしたちに事情を訊いて回るのも分かるけど、どこを掘っても何も出ないと思う」

小柴の見方は間違っていない。看護師連中から話を集めた真琴もそう思う。

労多くして功少なし。期待された打席で三振したような気分で看護師詰所を出ると、古手川から連絡が入った。

「古手川さん、こっちは駄目でした。あまり有益な情報が得られなくて」

聞き終わらぬうちに古手川の声が飛んできた。

「こっちは進展ありだった。今から浦和医大に戻る」

古手川の長所の一つはフットワークの軽さだった。連絡してから十分も経たないうちに戻ってきた。

「今から三十年以上前、昭和の終わり頃の事件だったけど、きっちり記録が残っていた。膨大な量だったから読み込むのに時間が掛かったけど、調べただけの甲斐があった」

興奮を抑えきれず、言葉が冷静さを失っていた。例のごとく直情が洩れ出ている。

「正直、捜査記録を読んでいると胸糞が悪くなった。犠牲者は二人とも九歳の女の子。犯人は三十八歳の独身男。動機は小児性愛で、女の子を脅しながらの行為だ。この脅し方というのが卑劣極まりなくて、こんなことがバレたら親から厳しい折檻《せっかん》を食らうとか、学校の友達がいなくなるとか、九歳の女の子には一番恐ろしい言葉で二人を支配下に置いた」

「人間のクズね」

「殊にひどかったのが二人目の犠牲者となった本田静夜《ほんだせいや》ちゃんだ。もしひと言でも他の人に洩らしたら、お前より先に両親を殺してやると脅したらしい。両親思いの静夜ちゃんはそれで誰にも相談できず、悩んでいるうちに毒殺された。気弱な九歳児にしてみれば二度殺されたようなものだ」

既に聞き知った事件ながら、真琴も胸糞が悪くなってきた。

「ビンゴだよ、真琴先生。今回の事件と光崎先生の事件は繋がっている」

「どこがどう繋がっているんですか」

「ぼんやりと見当らしきものはあるけど確定した訳じゃない。だから確定させるためのアイテムを持参した」

古手川は懐から得意げに紙片を取り出した。

鑑定処分許可状だった。


許可状が手元にあっても、依然として妨害される可能性がある。時刻は既に午後六時十五分前、吉住が外来診療を終えるまであとわずかな時間しか残っていない。

二人は事務局へと直行する。吉住が遺体引き取りの手続きを済ませる前に、こちらが先に遺体を法医学教室に移さなければならない。

真琴たちの訪問を受けた事務局長はひどく困惑した様子だった。

「困ります。もう吉住教授からは死亡診断書を預かっていて、明日の朝一番に市役所に提出するよう言われているんです」

「死亡診断書とこの書類と、どちらに法的拘束力があると思いますか」

古手川は鑑定処分許可状を事務局長の面前に突き出す。事務局長の表情はますます困惑の度合いを増し、ちらちらと真琴に救いの手を求めてくる。

　同じく浦和医大の人間である真琴には、事務局長の懊悩《おうのう》が手に取るように分かる。警察の要請に応じるのは容易《たやす》いが、医大内部の命令系統に逆らえばその後の身の振り方に影響が出てくる。閉鎖的な組織の中では世間の常識が非常識に変わる。警察の要請に従うのが、組織への背任行為となり得る場合もあるのだ。

「わたしの一存では何とも」

「あなたは、こうした事務手続きの責任者でしょう」

　古手川の追及は止まない。吉住が業務から解放される時間は刻一刻と迫っている。

「しかし吉住教授の確認と指示がないまま事務局が勝手に動いたとなると、後々の責任問題に」

「もう結構」

　ついに古手川は痺《しび》れを切らせたように、許可状を事務局長の机に叩きつけた。交渉を開始して十分、古手川にすれば我慢した方だと思った。

「こちらは法に則って鑑定処分許可状を発行している。この後も定められた手続きに沿うだけだ。不服があれば県警本部に捻じ込めばいい」

　古手川なりの最後通牒だったが、事務局長は特に萎縮する風でもなくひたすら迷惑そうにしている。

「困りますよ、刑事さん」

「困っているのはあんたの都合でだろう」

一度頭に血が上った古手川は、もう歯に衣着せなかった。

「こちらは公務でやっている。邪魔をするなら公務執行妨害だ。さあ、霊安室の鍵を」

事務局長はしばらく逡巡した挙句、のろのろと古手川の手の平に鍵を落とす。最後まで抵抗を試みたと言わんばかりの素振りだった。

「ご協力感謝します」

皮肉るように言い捨てて、古手川は事務室を飛び出す。真琴はその後を追うしかなかった。


二人はストレッチャーを確保し、霊安室へ向かう。中のキャビネットを開くと生後間もない小さな身体が現れた。

遺体を見た途端、古手川の手が止まった。

「……小さいなあ」

少ない言葉で受けている衝撃の大きさが分かる。か弱く声の小さなものの死に悄然《しょうぜん》とする人間は、それだけで日頃の不作法を許せる気がする。特に合図はしなかったが、二人は同時に合掌《がっしょう》した。

真矢の遺体はストレッチャーに載せると尚更小さく見える。儚《はかな》さに真琴の胸は潰れそうになる。古手川が硬い表情のままでいるのは、己の弱さを見せたくないからだろう。

搬送途中、真琴はスマートフォンでキャシーを呼び出した。

『グッジョブです、真琴。準備はしておきます。ハリアップ！』

これが阿吽《あうん》の呼吸というものなのだろう。許可状を発行した経緯も事務局長を説得した件も確かめないままに、キャシーは全てを察したように通話を打ち切った。

「大したもんだ」

ストレッチャーを押しながら、古手川は感心しきりだ。

「一糸乱れぬチームワーク。これだから班長でなくても頼りたくなる」

喜んでいいのか悲しんでいいのかよく分からないが、とにかく今は勢い任せに走るしかない。古手川と同行する際は常にブレーキ役に徹しようと思うのだが、どうやら本能が邪魔をするらしい。

法医学教室に到着すると、キャシーが両手を広げて出迎えた。

「ウエルカム」

「光崎教授は」

「こちらに向かっています。遺体を、早く」

キャシーはストレッチャーに載せられた遺体を一瞥して目を伏せる。しかしそれは一瞬であり、古手川からストレッチャーを受け取ると真琴とともに解剖室へと運んでいく。

その時だった。

「待てえっ」

法医学教室のドアにぬっと人影が立ち塞がった。

吉住だった。

「娘をどこへ連れていく」

ずんずんとこちらに進み、ストレッチャーに手を伸ばそうとする。その間に古手川が割り込んできた。

「鑑定処分許可状を事務局長に渡してきました。これは公務です。従ってください」

「鑑定処分許可状だろうが公務だろうが知ったことか。わたしは既に死亡診断書を作成している」

「死亡診断書より鑑定処分許可状が優先します」

「錦《にしき》の御旗《みはた》を掲げたつもりか。くだらん。そんなものに屈すると思うか。わたしは父親だ」

およそ論理的な言説ではなかったが、古手川をたじろがせるには充分だった。

「公権力を振り翳すなら好きにしろ。だが、わたしは一歩も退《ひ》かん」

押さえに入った古手川の腕を、吉住は撥《は》ね除《の》ける。

押さえる、撥ね除ける。押さえる、撥ね除ける。格闘に秀でると自他ともに認める古手川と、ほぼ互角の力を発揮している。これが父親の力かと、真琴は目を瞠《みは》る。

「公務執行妨害」

「知るかあっ」

次第に古手川の形勢が悪くなった時だった。

「ここは大立ち回りする場所ではない」

低く、不機嫌極まりない声が室内に轟く。見れば、吉住の背後に光崎が立っていた。

「光崎先生、これはどういうことだ」

　吉住は光崎を射殺《いころ》すように見る。

「事情はあんたも知っているはずだ。そこに横たわっているのはわたしの娘だ。親の承諾もなしに解剖するのは許さん。鑑定処分許可状についても、即刻異議申し立てをする」

　吉住は両手を広げ、我が子を護るように立ちはだかる。

「今までもあんたの野放図には呆れていたが、どこかで高みの見物を決め込んでいた。間違っていた。こうなる前に摘んでおくべきだった」

「ここはわしの領分だ。産科の人間が口出しをするな」

「その言葉、そのまま返してやる。人の子供を手前の好き勝手にできると思うな」

「好き勝手にした憶えはない」

　光崎はゆっくりと手を伸ばし、吉住の肩を摑む。

　途端に吉住の顔が驚きの顔に変わった。

「死体の声を聞こうとしているだけだ。他人の領分で好き勝手に振る舞っているのはそっちの方だろう」

　吉住の腕が次第に下りてくる。この小柄な老人のどこにそんな力があるのか、その場にいた者は例外なく驚嘆していた。

「ＳＩＤＳと診断したそうだな」

「そうだ」

「剖検もなしでか」

「解剖するまでもない。同様の事例は過去にも多く扱ってきた」

「万が一、別の死因だったらどうする」

「死因なんかどうでもいい。何であれ真矢が戻る訳じゃない」

「その子の死を意味のあるものにしたいとは思わないのか。その子の死に顔はたっぷり見ただろうが、死んだ後の声を一度でも聞こうとしたか」

「うるさい」

「医者が感情を優先させるな。蜷川教授から教えられなかったのか」

「お前は、義父に遡《さかのぼ》って二代も貶《おとし》めるつもりか」

「貶めたつもりもない。貶めようとしているのはお前さんだ」

光崎の指が小さな死体に向けられる。

「その子が最後に発しようとした言葉が身体の中に眠っている。父親として、その声を聞きたいとは思わないか。感情に蓋をしてでも聞き届けるのが、お前さんの務めじゃないのか」

吉住は口を噤み、光崎を睨み据える。だが、もう手を上げようとはしない。

「何だと」

「一緒に来い」

「自分の見ていない場所で娘の身体にメスが入るのが嫌なら、解剖室について来い。わしの腕が未熟であったり、亡骸に対して失礼だったりしたら、その場でメスを奪えばいい。抵抗はせん」

言い捨てると、光崎は吉住の脇をすり抜けて解剖室へと向かう。吉住が憤怒の表情で後を追ったのは少し遅れてからだった。

準備室で真琴とキャシーに加え、吉住も解剖着に着替える。さすがに解剖室に足を踏み入れた吉住は、悪態を吐くこともない。

ややあって光崎が入ってきた。

空気が張り詰め、室内はしんと静まり返る。

「吉住教授。写真を撮ります。上半身を起こしてください」

キャシーの指示で吉住が我が子の背中に手を回す。いつもながらの策略家だと思った。無理にでも解剖に参加させれば、突発的な行動をするまいと計算しているのだ。吉住は少し震える手で上半身を起こすが、今にも泣きそうな目をしている。

真矢は綺麗《きれい》な顔をしていた。母親似で鼻梁《びりよう》がなだらかだった。成長すれば、さぞかし可愛らしい少女になっていただろう。

「では始める。死体は生後五日の患児。外表に打撲痕および扼痕《やくこん》など外力作用の痕跡は認められず、死斑は背面に中等度に発現している」

光崎の持つピンセットが唇を開く。

「舌尖部《ぜつせんぶ》が上下歯齦《しぎん》間に挺出《ていしゆつ》。口腔《こうくう》内に異物、異液は認められず」

指の動きに澱《よど》みがないのはいつも通りだが、今回は更に慎重さが増している。まるで宝石を扱うかのような運指で、吉住も息を詰めて見つめている。

「メス」

手渡されたメスが、すうとY字を描く。皮膚は薄く、いとも容易く両側に開く。肋骨を開くと、暗赤色に染まる内部が覗いた。

光崎の術式を見るのは初めてだったらしく、吉住はそのスピードと正確さに驚いた様子だった。瞬《まばた》きもせずにメスの動きを追いかけている。

何か確信があるのか、光崎の手は躊躇なく胸部を探る。真琴の位置からも胸腺被膜下に粟粒《あわつぶ》大の溢血点が確認できる。

「血液採取」

寸時の停滞もなく、キャシーが血液を採取する。やはり暗赤色で流動性があるようだ。

「肺臓切開」

吉住の肩がぴくりと上下する。だが手が伸びることはなく、両の拳が握られるだけだ。

音もなく肺臓が切開される。まるで溶け始めたバターにナイフを入れるようだった。

「見ろ」

光崎の声に誘われ、吉住が死体の上に覆い被さる。

「ここだ。気腫《きしゅ》状がある。気管支粘膜はやや菊花状を呈している」

光崎の説明を受ける前から、吉住の表情には変化が生じていた。信じられないものを見るように、疑心と驚愕《きょうがく》が綯《な》い交ぜになって憤怒の色を払拭している。

「まさか」

次いで光崎の指は他の臓器に向けられる。

「肺臓だけでなく気管・気管支にも鬱血《うっけつ》が認められる。逆に急死を来たすような器質的変化や損傷異常は見当たらず、奇形でもない。この各症状が何を意味するか、医者なら分かるだろう」

「窒息死……」

「そうだ。直接の死因は外呼吸の障害、鼻口閉鎖による窒息死と推定される」

「だが真矢は一度もうつ伏せ寝にしなかったはずだ。寝具で口を塞がれたとは考えられない。顔面にも死斑はない」

「何がどう作用して窒息に至ったかは定かでない。そこから先は法医学の領分ではない。解剖室の外で不貞腐《ふてくさ》れている若造の仕事だ」

「あんたの見立てはどうなんだ」

「少なくともＳＩＤＳで片づける事案ではない。何者かの意思が働いていたのを否定する材料は何もない」

素っ気ない態度の理由は真琴にも理解できた。徒《いたずら》に言説を重ねて吉住が錯乱しないよう、光崎なりに配慮しているのだ。

「では閉腹する」

「待ってくれ。せめて閉腹はわたしの手でさせてくれ」

「断る」

「慈悲というものがないのか」

「腹を縫《ぬ》う感触が忘れられなくなるぞ」

光崎の言葉で吉住が動きを止める。

「新しい命を取り上げるための腕だ。もっと大事にしろ。それに何度も言うが、解剖室はわしの領分だ。従ってもらう」

吉住は無念そうな顔で頷く。

沈黙が流れる中、光崎の指と時計だけが静かに動いていた。

4

翌日、真琴と古手川が一重の病室を訪れると、吉住タキと宍戸も同席していた。

「よくもいけしゃあしゃあと顔が出せたわね」

ベッドに臥《ふ》せっていた一重は、無理に上半身を起こして呪詛《じゅそ》の言葉を吐く。

「昨夜は強引にシーツ類を回収して、あんな小さい子を主人に手伝わせもせず解剖して……」

直接の死因が窒息死であったのは吉住から聞いているのだろう。一重はそれ以上の恨み言を口にすることはなかった。代わりに細い嗚咽を洩らし始めた。真琴は慰めてあげたいと思ったが、自分が光崎の部下であるのを考えれば、下手な同情は却って逆効果になる惧れがある。

「真矢ちゃんをうつ伏せ寝にしたことはないんですね」

古手川が念を押す。光崎が言った通り捜査は警察の領分なので、真琴は沈黙を守ることにした。

「不慮の事故がないとも限らないと、主人から注意を受けていました。うつ伏せには一度もしていません」

「真矢ちゃんの死亡が確認されたのは昨日午前十時三十分のことです。つまりそれ以前に真矢ちゃんは窒息していたことになる。そこで確認したいのは皆さんの前後の行動です」

折角捜査権を手にしたにも拘わらず古手川が憮然《ぶぜん》としているのは、やはり関係者の行動を身内の証言でしかトレースできないからだ。身内同士だから客観性に疑念が生じ、仮に公判になったとしても証拠として採用され難い。

「お義母《かあ》さんは面会時間の十時から顔を出してくれてました。それで、二人でずっと話し込んでいるうち、真矢の顔色がどんどん変わっていって……」

「それが十時三十分だったんですね」

「はい」

「それまで真矢ちゃんに異状はなかったんですね」

「ちゃんと寝息を立てていました」

一重は古手川を見据えて言う。母親の証言なので信用したいのは山々だが、事実上裏付け証言は不可能なのでこれも眉唾で聞くしかない。

「念のため、真矢ちゃんが寝ていた場所を指で示してください」

一重は力なくベッドの向かって右側を指す。方角で言えば東側。ドアのある方向で反対側には窓がある。

「タキさんはどこにいましたか」

「わたしの枕元で、真矢の寝ている真横にいてくれました」

「その三十分間、あなたたち以外に入室した者はいますか」

「小柴という担当さんが様子を見にきました」

あの看護師か。真琴はすぐに彼女の顔を思い浮かべた。どこか気怠《けだる》げで、ベテランの臭いを強烈に発散していた。

「刑事さんが何を疑っているか知らないけど」

タキは昨日と同様に挑戦的だった。

「真矢ちゃんを殺して得をする人は一人もいないのよ」

「しかし生後五日の赤ん坊が、大人が目を逸らした隙に寝返りを打つはずがない。真矢ちゃんは鼻口の閉鎖によって窒息させられています。何かの自然現象が真矢ちゃんの鼻と口を塞いだのでない限り、彼女を死に至らしめたのは人間です。それに、世の中には自分の損得抜きに弱者を殺す悪魔が存在します」

古手川の言葉でゆっくりと沈黙が落ちてくる。

「その他、何か変わったことはありませんでしたか」

三人は顔を見合わせ、やがてタキがおずおずと口を開いた。

「これは真矢ちゃんの件とは関係ないかもしれませんけど、看護師さんが出ていった直後、窓の外で爆発騒ぎが起きたんです」

　爆発と聞いて古手川と真琴は窓に近づく。しかし三階の病室から眺めても中庭と植え込みがあるだけで、どこにも破壊や焼失の痕跡は見当たらなかった。

「大きな大きな音で。わたしも一重さんも何が起きたのかと、しばらく窓の外に釘付けになっていました。宍戸さんなんて、わたしの真横から身を乗り出していたくらい」

「やめてくださいよ、タキさん。恥ずかしい」

「それくらい派手な音だったってこと」


　一重の証言があるので、古手川と真琴は看護師詰所へと移動した。シフト表を確認し十五分ほど待っていると、小柴が小休止にやってきた。

「警察が捜査を始めたというのは本当だったのね」

　小柴は心外そうに洩らした。

「今朝来るなり、詰所はその話で持ち切り」

「皆さん、よほど意外に思われたようですね」

　これが初対面となる古手川は、小柴に対しても表情を緩めない。

「小柴さんはどうでした。意外でしたか」

「そりゃあそうよ。以前にも浦和医大では事件が起きたけど、あれは医療過誤であって殺人事件じゃなかったもの」

「医療関係者に殺人を企《くわだ》てるような不届き者はいないという趣旨ですか」

「そこまでは言わないけど、自分の同僚を疑うような真似はしたくないでしょ」

何やら自分に対する皮肉のように聞こえ、真琴は居心地が悪くなる。

「あなたが一重さんの病室を見回ったのは何時から何時までの間でしたか」

「順番通りに回っていただけで正確な時間は記録していないけど、多分十時十五分から二十分の間。誤差は五分の範囲」

「記憶にしては正確ですね」

「患者さん一人に対して確認時間は五分程度なんです。一重さんの病室の後、二人を見回って詰所に戻った途端にナースコールが掛かりましたから」

「見回りの際、真矢ちゃんには何の異状もなかったんですね」

「あれば、その場で先生に連絡しています」

「あなたが病室を出ていった直後、中庭で爆発騒ぎがあったと聞きました」

「爆発。ああ、あれはそんなに大層なものじゃありませんでした。ただの爆竹でした」

小柴は騒ぐのも馬鹿らしいというように片手をひらひらと振ってみせる。

「遠隔操作で発火するように仕掛けられていて、犯人は逃げた後。センサーとコードと電池が残っていたんですって。本当に簡単な工作で、警備部は中学生の悪戯だろうって」

その時、古手川の懐から着信音が洩れた。表示部を見た古手川の顰め面で、相手の見当がついた。

『現れたぞ』

渡瀬の濁声が真琴のいる場所からでも聞こえた。

『中庭だ。完全に包囲した』

「急行します」

通話を終えた古手川は真琴に振り向いた。

「あと一人で役者が揃う」


二人が中庭に急ぐと、渡瀬の言葉通り彼は警官たちに取り囲まれていた。だが彼が怯えているのは警官たちに包囲されているからではなく、正面から渡瀬が睨み据えているのが理由だろう。口さがない連中は彼のことをドーベルマンと揶揄しているそうだが、少し背を丸めて相手を恫喝しているさまはまさしく猟犬だった。

「どうしました。職場放棄ですか」

古手川が声を掛けると、宍戸はゆっくりとこちらを見た。

「これは、どういうことですか。わたしはただタキさんの言いつけでお茶を買いに」

「茶なら建物内の自販機で売っている」

渡瀬はにこりともしなかった。

「刑事の監視が外れたら逃亡すると思ってな。そいつが病室を出たのはお前が逃げ出すきっかけを作るためだ。くだらん三文芝居なんぞ見たくもないから単刀直入に言う。帝都テレビのホームページに書き込み、吉住真矢ちゃんを殺害したクソ野郎は貴様だ」

名指しされた宍戸は一笑に付そうとしたが上手くいかず、泣き笑いのような表情をしている。

「わたしが、どうして、そんな真似を」

「まずやり口から説明してやる。昨日の、面会時間の直前、お前は植え込みに発火装置と爆竹をセットした。用意したのは警備が手薄になる前日の夕方以降だろう。お前は何食わぬ顔でタキと病室に入り、担当看護師が確認を終えるなり、スマホからの遠隔操作で爆竹に発火させる。たかが爆竹だが病棟の前では結構な音になる。実際、一重とタキはしばらく窓の外に気を取られたらしいからな。ここで問題になるのは三人の位置関係だ。一重が窓を向くと真矢ちゃんは背中越しになる。枕元にいたタキは真矢ちゃんの隣になるが、その間にお前が身を乗り出したら隠れてしまう。つまり二人が窓に気を取られたほんの数十秒間、真矢ちゃんは二人の死角に入る。だがたった数十秒で充分だった。お前は不意を衝《つ》いて真矢ちゃんの鼻と口を塞いだ。生後五日の乳児だから三本指で事足りる。大した力も要らなかっただろう。真矢ちゃんは苦しむ間もなく絶命。お前は素早く手を引っ込めるだけでよかった。まさか善良で真面目な介護士が早業で赤ん坊の口を塞ぐとは誰も想像しない。赤ん坊は主治医の愛娘だから早々に弔うだろうとも計算していた」

「証拠はあるんでしょうね」

「早々に火葬にならずに残念だったな。真矢ちゃんの鼻には何者かの指紋がべったりと付着している。お前の指紋と照合してやる」

「そんな証拠があって、何故泳がせた」

「一重やタキの共犯という可能性が残っていたからな。しかしお前は単独で逃げ出した。自供したのも同然だ」

「動機がない」

「県警本部も舐《な》められたものだな。背後関係も調べずに、こんな態勢を敷いていると思っているのか」

今度は真琴が驚く番だった。何と渡瀬班はこの二日間のうちに証拠を揃えたらしい。

「三十年以上前、連続して二人の女児が砒素によって毒殺された。いずれも異常性愛者の犯行によるものだが、世間は加害者にはもちろん被害者遺族にも冷淡だった。子供を失った家族に対する誹謗中傷の嵐は壮絶だった。特に二人目の犠牲者となった本田静夜の場合、両親は互いの管理責任を詰り合って離婚、一家は離散してしまう。この時、母親が旧姓に戻ったために姓が変わったのが静夜の二つ年下の弟、つまりお前だ。宍戸征爾」

宍戸は身じろぎもしなかった。

「吉住真矢は蜷川教授の孫娘だ。蜷川教授が最初の事件で解剖に着手していれば姉の静夜が命を落とすことはなかったかもしれない。蜷川教授と光崎教授はお前にとって姉の仇《かたき》だ。つまり真矢ちゃんを殺害することは蜷川教授への復讐《ふくしゅう》になる。お前が〈安心なーしんぐ〉に入社した経緯も会社から聞いた。会社で使用しているワゴン車の広告を見て興味を持ったらしいな。ふん、その頃から吉住タキが〈安心なーしんぐ〉を利用していた。蜷川教授の娘が吉住教授の許に嫁いだのを知ったお前は吉住タキを媒介にして蜷川教授の家族に接触しようとしたんだ。事実、〈安心なーしんぐ〉に入社したお前は、熱心に吉住タキの介護を希望した。真面目さと熱心さを買われて見事タキの介護士になったお前は内心有頂天だったんじゃないのか」

「蜷川が姉さんを殺した。その仇を討つことの何が悪い」

宍戸はとうとう開き直る。

「姉さんが殺された後、残った俺たち家族は世間に殺された。全部、蜷川がするべきことをしなかったせいだ。復讐しようとするのは当然だろう」

「復讐だけなら何とかにも三分の理《り》だが、お前は私欲も絡めた」

渡瀬は尚も続ける。

「お前は水口夫妻の事件にも関与している。あれは夫婦による保険金狙いの殺人だったが、送検した後、二人からじっくり事情聴取してみると、厄介者の子供を殺して保険金を騙し取るというのはお前の教唆《きょうさ》じゃなかったのかと思えてきた。考えてもみろ。水口夫婦の身寄りといえば息子以外にはお前だけで、女房はあの体たらくだ。亭主に何かあれば保険金は実質お前の思い通りになる予定だった。つまりお前が帝都テレビのホームページに投稿した、『一度だけ自然死に見せかけて人を殺す』というのははったりだ。実際は財産目的が一件、復讐目的が一件。その真意を隠し攪乱させるための犯行声明だったんだ」

純真な復讐者の仮面が剝げ落ちると、宍戸はひどく醜《みにく》い顔でこちらを見た。

「あんた、頭いいな。最高だよ。埼玉県内で事件なんて起こすんじゃなかった」

「県内で事件を起こしちゃいけない理由がもう一つある」

「何だよ」

「お前が一番会いたがっていた人間を連れてきた」

渡瀬の指差す方向から、ひょこひょこと小柄な白衣姿が近づいてきた。

「光崎」

宍戸は目を見開き、やがて挑発するように笑ってみせた。

光崎はようやく宍戸の前に立つ。

「謝罪しろ、光崎」

乾いた唇を湿らせるかのように、宍戸は舌を出す。

「お前と蜷川のために姉さんは殺され、一家はばらばらになった。謝罪しろ。この場に這いつくばえ」

全てを聞き終わらぬうち、光崎は相手の左頰に拳を叩き込んだ。

めしっという鈍い音とともに宍戸が後方に吹っ飛ぶ。真琴は光崎の行動に声も出なかった。

「お前は至るところで相手を間違えている」

「何、だと」

「仮に復讐が正当化できたとしても、お前が殺すべき相手は蜷川教授かわしのはずだ。ところがお前は選りに選って生後五日の赤ん坊を殺した。蜷川教授やわしが標的では目的が達成できないと踏んだからだ。己の欲求を満たそうとして何の抵抗もできない弱者に牙を剝く。その時点で、お前はお前の姉を殺《あや》めた人間のクズと同等に堕《お》ちたんだ」

光崎の言わんとすることを理解したのか、束の間宍戸は放心状態となる。

「もう一つ付け加えるなら、わしが謝罪しなければならない相手はお前ではない。悲嘆の声も上げられずに殺された死者に対してだ。自惚《うぬぼ》れるな」

それだけ言うと、光崎は急に興味を失ったように皆から背を向けた。

「確保」

渡瀬の合図で警察官たちが四方から宍戸を捕える。

「離せ、この野郎」

宍戸の確保を見届けると、渡瀬は光崎の後を追うように去っていく。警察官たちが宍戸を連行していくと、後には真琴と不貞腐れた様子の古手川だけが残された。

事件は解決したというのにいったい何が不満なのか。

「どうしたの、古手川さん」

「まただよ」

「だから何が」

「また全部、持っていかれた」

【初出】

一　老人の声　『小説ＮＯＮ』２０１８年6月〜7月号
二　異邦人の声　『小説ＮＯＮ』２０１８年8月〜9月号
三　息子の声　『小説ＮＯＮ』２０１８年10月〜11月号
四　妊婦の声　『小説ＮＯＮ』２０１８年12月〜２０１９年1月号
五　子供の声　『小説ＮＯＮ』２０１９年2月〜3月号

注　本書はフィクションであり、登場する人物、および団体名は、実在するものといっさい関係ありません。また、刊行にあたって、東京医科歯科大学　法医学分野　上村公一教授に監修していただきました。

切りとり線

あなたにお願い

この本をお読みになって、どんな感想をお持ちでしょうか。次ページの「100字書評」を編集部までいただけたらありがたく存じます。個人名を識別できない形で処理したうえで、今後の企画の参考にさせていただくほか、作者に提供することがあります。

あなたの「100字書評」は新聞・雑誌などを通じて紹介させていただくことがあります。採用の場合は、特製図書カードを差し上げます。

次ページの原稿用紙（コピーしたものでもかまいません）に書評をお書きのうえ、このページを切り取り、左記へお送りください。祥伝社ホームページからも、書き込めます。

〒一〇一―八七〇一　東京都千代田区神田神保町三―三
祥伝社　文芸出版部　文芸編集　編集長　金野裕子
電話〇三(三二六五)二〇八〇　www.shodensha.co.jp/bookreview

◎本書の購買動機（新聞、雑誌名を記入するか、○をつけてください）

＿＿＿新聞·誌の広告を見て	＿＿＿新聞·誌の書評を見て	好きな作家だから	カバーに惹かれて	タイトルに惹かれて	知人のすすめで

◎最近、印象に残った作品や作家をお書きください

◎その他この本についてご意見がありましたらお書きください

100字書評

ヒポクラテスの悔恨

住所

なまえ

年齢

職業

中山七里（なかやましちり）
1961年岐阜県生まれ。2009年『さよならドビュッシー』で第８回「このミステリーがすごい！」大賞を受賞しデビュー。幅広いジャンルを手がけ、斬新な視点と衝撃的な展開で多くの読者の支持を得ている。本シリーズの第一作『ヒポクラテスの誓い』は第５回日本医療小説大賞の候補作となり、WOWOWにて連続ドラマ化された。他の著書に『連続殺人鬼　カエル男』『作家刑事毒島』『護られなかった者たちへ』など多数。

ヒポクラテスの悔恨《かいこん》

令和３年５月20日　　初版第１刷発行

著者――中山七里《なかやましちり》
発行者――辻　浩明
発行所――祥伝社《しょうでんしゃ》
〒101-8701　東京都千代田区神田神保町3-3
電話　03-3265-2081（販売）　03-3265-2080（編集）
03-3265-3622（業務）
印刷――堀内印刷
製本――ナショナル製本

ISBN978-4-396-63607-4　C0093
祥伝社のホームページ・www.shodensha.co.jp